Esther en alguna parte

o

El romance de Lino y Larry Po

Eliseo Alberto

Esther en alguna parte

o

El romance de Lino y Larry Po

Esther en alguna parte
o el romance de Lino y Larry Po

Primera edición en Alfaguara: abril de 2016

www.megustaleer.com.mx

ISBN: 978-607-314-226-7

Impreso en México – *Printed in Mexico*

El papel utilizado para la impresión de este libro ha sido fabricado a partir de madera procedente de bosques y plantaciones gestionadas con los más altos estándares ambientales, garantizando una explotación de los recursos sostenible con el medio ambiente y beneficiosa para las personas.

Penguin
Random House
Grupo Editorial

Para mis viejos amigos
Bella Esther, Rapi, Fefé, Ismael y María José.

¿Por qué sin más te dejas
morir, si no hay locura
mayor que irse a dormir con sombras viejas?
ELISEO DIEGO

Personajes

Abdul Mérimée
Mendigo
Arístides Antúnez
Actor de teatro y televisión. Comediante. También llamado Larry Po, Lucas Vasallo, Benito O'Donnel, Pierre Mérimée, Eduardo Sanpedro, Abdul Simbel, Plácido Gutiérrez o Elizabeth Bruhl. Tío de Ismael
Bárbara
Viejo amor de Arístides
Constanza
Madre de Sofía
Dolores Meléndez
Ama de casa
Esposa de Rogelio Chang y madre de Vladimir y Valentina
Don Guillermo Rodenas
Padre de Esther
Eduardo y Moisés
Hermanos. Vecinos de Lino Catalá
Elena Ruiz
Viejo amor de Arístides
Eloísa Sánchez
Hermana de Maruja y madre de Ofelia
Esther Rodenas
Ama de casa. Gran amor de Arístides Antúnez
Gabriela Gutiérrez
Madre de Arístides Antúnez
Gabriela Antúnez
Hermana de Arístides, madre de Ismael
Hristo

Chelista búlgaro
ISMAEL MÉNDEZ ANTÚNEZ
Estudiante. Sobrino de Arístides y novio de Sofía
JOSÉ ISMAEL ANTÚNEZ
Padre de Arístides
JULIETA CAÑIZARES
Viejo amor de Arístides
LA JABÁ
Viejo amor de Arístides
LINO CATALÁ
Linotipista retirado. Viudo de Maruja
LALA, LOLA Y LULA
Hermanas, vecinas de Arístides, también llamadas Las Tres (Des)gracias
LARRY PO
Nombre más popular de Arístides, personaje de la obra teatral "¿Quién mató a Larry Po?"
MARCEL SANPEDRO
Amigo de infancia de Arístides
MARIO MARTÍNEZ Y JOSEFA MARTÍNEZ
Ingenieros químicos. Vecinos de Arístides
MARUJA SÁNCHEZ
Manicura. Esposa de Lino Catalá. Tía de Ofelia. Le gustaba el canto
MERCEDES BETANCOURT
Alias "Huesitos". Viejo amor de Arístides
OFELIA
Sobrina de Maruja. Madre de Totó. Viuda de Tony
RAFAELA TOMEY
Viejo amor de Arístides
RICARDO PIMENTEL
Matancero. Viejo novio de Constanza
ROGELIO CHANG
Teniente del ejército cubano. Esposo de Dolores y padre de Vladimir y Valentina
ROSA ROSALES

Amiga de Lino y Maruja. Propietaria de una peña de tangos, El café Buenos Aires

PADRE BENITO

Cura de la iglesia de San Antonio de Padua, en Arroyo Naranjo

RUMEN BLAGOJEV

¿Turista búlgaro?

SOFÍA

Técnica en computación. Novia de Ismael. Hija de Constanza

TOMASITO

Hijo de Mario y de Josefa

TONY

Cocinero del restaurante Los Andes. Esposo de Ofelia. Padre de Totó

TOTÓ

Hijo de Antonio y Ofelia. Padece síndrome de Down

VALENTINA Y VLADIMIR

Jimaguas. Hijos de Rogelio y Dolores. Valentina trabaja en una exclusiva tienda de Varadero. Vladimir estudia o estudiaba en una Academia Militar

PRIMER ACTO

...y el corazón como un antiguo salón abandonado.
VIRGILIO PIÑERA

Lino Catalá quería tanto a Maruja Sánchez que le gustaba hasta verla envejecer. La primera vez que dijo esa frase fue el 23 de noviembre de 1953, en el cuarto del hotel Sevilla donde pasarían la noche de bodas, y resultó cuando menos una confesión prematura pues ambos acababan de cumplir veintitrés años. Luego la repetiría en cada cena de nochebuena, en cada brindis de cumpleaños y en cada aniversario del matrimonio. "¡Te quiero tanto, Maruja, que me gusta hasta verte envejecer!". Sin embargo, esa tarde de 1978, al celebrar un cuarto de siglo juntos en la casa de siempre, ella le dijo que por fin la declaración comenzaba a tener sentido: "Dale que dale con lo mismo. Lo conseguiste: hoy me siento una anciana". Maruja siguió ordenando los discos del armario, ahora con el arrojo de quien acomete una tarea impostergable. Se veía pequeñita sentada en el suelo sobre un cojín de flecos, las piernas abiertas y los hombros encogidos en un gesto que podía sugerir indiferencia pero que él leyó en su justa soberbia: era de hastío.

Lino se fue acercando a su mujer, haciendo equilibrios sobre las juntas de los mosaicos. Necesitaba un asidero, aunque fuese el débil soporte de una línea recta a ras del piso. La queja de Maruja se había pegado en su rostro como una de esas telarañas que de pronto te sorprenden cuando exploras a tientas un sótano oscuro; por un segundo, no puedes, no sabes, no alcanzas a desprender la red de tus mejillas. De pómulo a pómulo, desde el nacimiento del cabello hasta el barranco del mentón, la sanguijuela del miedo te somete a su capricho y te impide regresar a la puerta de entrada —o más bien a la de salida—. No deja de ser una situación ridícula. Lino se detuvo a una cuarta de su esposa y miró con benevolencia sus antebrazos huesudos, los codos acartonados, los dos rizos canosos que se enroscaban tras su oreja izquierda; olfateó entre fragancias de acetonas y pinturas de uña ese tufo rancio, a escapulario, que destilan las hembras cansadas de estar cansadas, resignadas, mal queridas. Sin calcular las posibles consecuencias, se atrevió a apretarle la nuca, una caricia que había tenido éxito cuando de novios ellos iban al cine Negrete a ver los estrenos de la semana y que con el tiempo se convertiría en un ritual secreto al que ambos apelaban si resultaba preciso dar o pedir perdón.

—Perdóname —dijo.

Maruja traqueó las vértebras cervicales para decir "sí" y no verse en la obligación de soltar un reproche: de seguro se arrepentiría en cuanto se pusiera en pie. También se consideraba responsable de tanta fatiga acumulada. Sin mucho ánimo, fue al cuarto y buscó en el escaparate el vestido color rosa, de escote redondo, que le permitiría lucir el collar de perlas plásticas que Lino acababa de regalarle en una bolsita de lienzo, amarrada con un pelo de estambre; él optó por una guayabera azul, con bolsillos profundos, ideales para colgar el presente de su esposa: dos plumas checas, una de punta y otra de fuente. Maruja se terminó de acicalar en el baño. Volvieron a encontrarse en la sala. Lino consultaba un diccionario. Ella le picó en el hombro con la mano.

—Me duele un poco la cabeza. Salgamos de esta ratonera, anda.

—¿Y a dónde vamos? —dijo Lino al pisar la acera.

La acera. La calle. La esquina. La noche. No había mucho que hacer en La Habana de los años setenta, salvo caminar, caminarla. Eso hicieron. Tenían cuatro destinos posibles: la peña del viejo café Buenos Aires, La Rampa, el Malecón y el Paseo del Prado, únicos puntos cardinales que frecuentaban en la complicada brújula de la ciudad. Eligieron el último. En fecha tan señalada, acostumbraban recorrer los escenarios de su noviazgo, riesgoso ceremonial al que se sometían noviembre tras noviembre aunque supieran, por decepciones anteriores, que ese peregrinaje por los santuarios del amor podía terminar en el empedrado callejón de la amargura. Bajaron San Lázaro tomados de las manos y subieron entre los leones del Prado sin hacerse el menor reclamo. "Cerrado por reparaciones", se leía en la marquesina del cine Negrete. Lino y Maruja se sentaron en una banca. Eran dos aves de corral sobre el filo de un muro. Las paredes del hotel Sevilla estaban barnizadas por el salitre. Desde el solar de enfrente se oía una grabación de Moraima Secada. La voz de La Mora raspaba sus narices en rachas discontinuas.

—Nunca te he dicho, Lino, pero me hubiera gustado cantar en un bar. Un bar chiquito, elegante. Me imagino recostada sobre un piano de cola, con una copa de crema de menta en la mano. Las luces se reflejan en la laca del piano. Llevo un chal sobre los hombros porque el aire acondicionado está muy fuerte. Un bolero. Tampoco pido mucho, Lino: un bolerito. *Perdóname conciencia, querida amiga mía...*

—Mi amor, tú cantas lindo cantidad.

Maruja cruzó las manos tras la nuca, aleteando los codos:

—¿Escuchas? Es ella, ¿verdad? ¡Moraima Secada, La Mora! Óyela, Lino, ¡esa china está acabando! ¡Acabando!

Maruja cerró los ojos. El péndulo de la cabeza dijo "no" como un compás de solfeo.

—¿No qué, Maruja?

—Yo no canto.

—Claro que sí... Te oigo todas las mañanas desde el cuarto.

—Que no, chico. No fastidies. Cantar en un bar es otra cosa.

—¿Cómo qué?

—Como desnudarse en público, supongo.

A lo lejos, las olas explotaban contra el muro del malecón en abanicos monumentales y fugaces.

—¿Hace frío? Tengo frío. Abrázame. Debí traer el chal. No se me quita este dolor de cabeza.

Lino le pasó el brazo sobre los hombros. La voz de La Mora dejó de oírse, disuelta entre las detonaciones del mar. Maruja sopló la noche y comenzó a cantar sin grandes vuelos: *Perdóname, perdóname conciencia. Razón sé que tenía, pero en aquel momento todo fue sentimiento, la razón no valía... No, la* *razón no valía... No, no, no, no la razón no valía...*Y se quedó callada.

—Mujer, ¿tú has sido feliz conmigo?

Maruja vino a responderle al cabo de dos horas, sentadita en el borde de la cama.

Maruja contaba las perlas del collar como quien reza una penitencia en voz baja. Luego lo guardó en la gaveta de la mesita de noche y acomodó los almohadones, que se inflaron tras dos palmadas. Se había soltado el pelo y ya vestía su batilongo de flores amarillas, abotonado al frente. Las batas de Maruja encerraban un código de señales o de conducta por ambos aceptado: la blanca, de encajes al pecho, significaba *ámame si quieres*; la verdecita, *muero de cansancio pero*; y la de flores amarillas, un tajante *hasta mañana* —así que Lino pensó que el veinticinco aniversario de su boda terminaría en paz, como tantas otras madrugadas de aquel otoño falso y desamorado. Comenzó a colgar el pantalón y la guayabera en un perchero. Parecía frágil en camiseta, casi espantapájaros —y sin zapatos, poco más que insignificante. Iba a ponerse en la cabeza la media de mujer con la que acostumbraba amoldarse el cabello crespo, cuando Maruja dijo sin mirarle a los ojos:

—¿Que si he sido feliz contigo? Para algunos, Lino, lo peor de la vida es que no se acaba nunca... —Maruja hizo una pausa y forzó una sonrisa qué Lino alcanzó a ver reflejada en el espejo de la cómoda—: A lo único que siempre le he tenido miedo es a dormir sola. No enredes las cosas demasiado. Después de tantos años juntos, deberías saberlo: la felicidad es un mito.

Lino y Maruja se arroparon bajo un silencio cómplice. Respiraban al unísono y con pareja cadencia, lo cual hacía notoria la ansiedad del otro —ansiedades diferentes, sin duda, pues él necesitaba olvidar las palabras de Maruja y Maruja, por el contrario, se sentía liberada al haber conseguido decir unas cuantas verdades, aunque sin dar la cara—. Exhalación tras exhalación los arrulló el enfado. Cerca de las doce de la noche,

Lino fue a cerrar la ventana del cuarto cuando oyó discutir a los hermanos Eduardo y Moisés, sus vecinos. El primero, taxista, gritaba insultos indescifrables; el segundo, estudiante de medicina, apenas lloriqueaba quejidos tenues. "Santo cielo, se van a matar a palos cualquier día de éstos", pensó Lino. Corrió las cortinas.

—Pobre Moisés —dijo.

Maruja tenía un sueño intranquilo, algo poco frecuente en ella, pues dormía sin sobresaltos. Se enroscaba y desenroscaba en la cama y no sabía dónde colocar la almohada, bajo la nuca, sobre el pecho o entre las piernas. Balbuceaba. Lino intentó acomodarle la sábana, pero ella lo jaló por el brazo y lo tumbó sobre su cuerpo. Se enfrascaron en un duelo de singular intensidad, porque Maruja lo deseaba a gritos, a horcajadas, como si aquel sueño de medianoche, del que no conseguía escapar completamente, expandiera sus delirios entre los sofocos de una realidad embrujada.

—¿Eres tú? —gemía Maruja sin respeto—. ¡Eres tú, macho, eres tú!

Lino y Maruja debieron de advertir que vivían un momento irrepetible, terminal: en perfecto sincronismo con las alteraciones de sus cuerpos, al alcanzar el clímax de mayor fogaje, el aire del cuarto se espesó en un vapor de horno panadero que los hizo sudar a mares; de repente el viento empujó la ventana con una bocanada fresca para rozar sus frentes, justo en la explosión profunda del orgasmo. Lino había aguantado la eyaculación unos ocho o nueve minutos más que de costumbre, lo cual podía considerarse un triunfo. Cuando Maruja abrió los párpados, aún con la duda de si la escena no fuese más que la prolongación de sus desvaríos, descubrió en los ojos de su marido un brillo de complacencia que sólo el cariño explica, un brillo tan limpio, diáfano y perfecto que reflejó su propio rostro en los espejos de las gelatinosas pupilas; se desmontó de Lino y le lanzó un beso antes de quedarse rendida, domesticada por el furor de la contienda. Su hombre le acababa de regalar una de sus fantasías más secretas: amar sin saber a quién amaba.

Ninguno de los dos entendió a cabalidad lo que significó que, al amanecer, creyeran oír de nuevo la voz de Moraima

Secada cantando a capela *perdóname conciencia, querida amiga mía. Fue duro tu reproche, aunque sé que esa noche, yo me lo merecía...*, ni concedieron demasiada importancia a ese olor a leche hervida que se apropió del cuarto ni a las campanas que volaron a deshora desde la iglesia de Infanta ni a la luz azul que los envolvió en el último abrazo de sus cuerpos, fragmentos cifrados de una verdad que después sería incuestionable: Lino Catalá y Maruja Sánchez se estaban despidiendo sin sacarse en cara la cobardía de haberse pasado un cuarto de siglo escondiéndose el uno del otro tras el horror de la mediocridad, pero no se separaban con pendientes ni rencores porque a fin de cuentas ese fue el calvario que ambos eligieron recorrer juntos —él para vivir tranquilo y ella para morir en paz.

Al día siguiente, a media mañana, Lino encontró a Maruja en la mesa de la cocina, apoyada la frente en el brazo derecho, más dormida que muerta ante el exprimidor de naranjas de donde extrajo el jugo a una toronja. Desde bien temprano le había oído tararear un tema de *Los Cinco Latinos*, *Como antes, más que antes, te amaré...* y pensó que preparaba el desayuno. *En mi mundo, todo el mundo, eres tú...* Luego una calma insidiosa se apropió de la casa, acalló el barrio. Sólo se percibía el arrastre de las nubes y el tembleque de los vestidos revoltosos que bailoteaban en las tendederas de ropa. La sala olía a acetona. Maruja Sánchez estaba lejos. O mejor, a buen resguardo.

Lino se sentó a su lado y le estuvo acariciando las manos. Jamás había reparado, desde el pánico, en esas uñas blandas, de niña, siempre pintadas de rojo, ni en las articulaciones redondas ni en los surcos que tallaban en la carne el mapa de un paisaje que debía de serle familiar y, sin embargo, no lo era. A cada dedo le prestó atención. Los contó varias veces como si fuese importante el dato de que tenía diez. En el anular izquierdo se desinflaba una ampolla reciente. Halló en las huellas de los pulgares marcas de viejos piquetes cocineros y, entre las primeras falanges del índice y del medio, una leve mancha de nicotina. Le había visto fumar ocasionalmente en alguna que otra fiesta de vecinos, y supuso que debía de consumir sus cigarros a escondidas. La estampa de Maruja aspirando humo en el traspatio le produjo escalofrío. ¿Cómo él no se dio cuenta? Es un hábito difícil de negar. ¿Por qué ella no lo dijo? La hubiera entendido. ¿Qué otras mentiras le guardó? Quién sabe. Lo que más le inquietó fue descubrir en la muñeca izquierda las costuras de tres crucetas quirúrgicas que amarraban una cicatriz apenas perceptible.

—¡Dónde carajos estaba yo!

Una mosca vino a posarse sobre el hombro de la muerta. Lino la persiguió a periodicazos con desproporcionada violencia; gritaba una letanía de malas palabras como si quisiera espantar la idea de un intento de suicidio. La mosca se perdió en el hueco de la ventana. La zozobra lo abrumó. "Toda duda es una mosca", se dijo. Regresó a Maruja y le desdobló los puños de la blusa. Tapó la herida. En momentos difíciles, cuando el techo se nos viene encima, los ángeles o los demonios se las ingenian para compensar el martirio de los que van a perder la fe: es ley. La calle fue cobrando aliento. Ardía. Al encenderse la bomba de la cisterna se escuchaba caer el agua en los tanques de la azotea.

Una señora pasó voceando la noticia de que había llegado la cerveza a la bodega, y el camión del Poder Popular que vino por fin a recoger los tarecos y la cuota de pollo para diabéticos a la carnicería, y los mensajeros del Comité Militar con las citaciones impertinentes, y los fumigadores contra larvas de mosquitos, y los muchachos del censo de población y vivienda, y los de la vacunación anti-polio, y el carrito de helados a la parada de la guagua, en el parque de Infanta y O. Todo llegaba ese día, a tiempo. Hasta los clavos de la tristeza.

Lino esperó una hora. Dos. Desesperó. En lo más recóndito de sus tripas tenía la esperanza de que el dormido fuese él y no Maruja. Los vientos que acarreaban hacia el interior de la casa los olores y las voces del barrio lo convencieron de que, si bien estaba viviendo una pesadilla, no podría despertar de ella porque todo muerto resulta una prueba concluyente de que la realidad también puede romperse como un papel de China. Lino tiró los cascos de la toronja en el cesto de basura; iba a fregar el exprimidor de naranja, y estaba dispuesto a deshollinar con la escoba el techo de la casa y a pulir la azucarera de plata, reliquia de bodas que aún conservaban como un talismán para la buena suerte, y habría terminado de acomodar los discos en el armario, aún dispersos en el piso de la sala, con tal de posponer el instante de decirles a los suyos la noticia de que su esposa se había ido sin despedirse de nadie, sin despedirse de él.

—Coño, Maruja, de tranca —dijo.

Lino pensó que debía ponerse una camisa limpia, pues más temprano que tarde irían llegando los parientes y los vecinos y los enfermeros de la ambulancia, y a todos debía recibirlos con protocolar solemnidad. En el baño se miró al espejo y le dio horror lo que allí vio. Cuando se lavaba la cara volvió a escuchar el zumbido de la mosca, pero esta vez no hizo nada por perseguirla: prestó atención a las vibraciones del vuelo, eso sí, hasta que el aletear del insecto se transparentó en las soledades del cuarto. Al secarse las manos, un pensamiento de límpida espesura ocupó su mente: "sus partes", como él decía, aún estaban embarradas con los jugos vaginales de Maruja. Cerró los ojos y pudo sentir su piel embalsamada por la nata del amor de ayer. Entró en la bañadera como quien sube a un cadalso, contó del uno al diez y abrió la llave hasta el tope de la rosca.

—¡Carajo, flaca, la felicidad será un mito, pero la infelicidad no! —gritó bajo el chorro de la ducha.

El agua lavó lo que quedaba de su Maruja Sánchez.

Sólo entonces, hecho un guiñapo, se arrepintió de su peor falta: haber sido un mal amante. Lo fue desde los preparativos de la boda, cuando él desatendió los consejos de sus amigos y llegó a la luna de miel sin entrenar previamente con la puta de bayú que ellos le habían llevado a domicilio (una de esas peritas en iniciaciones sexuales que rentaban sus pecados en el barrio de Pajarito). Una traición semejante, de pretendiente casto, le habría ayudado a no perder tantas batallas pues una primera lección enseña que en esos territorios íntimos, donde se combate contra la soledad, resulta necesario que el cuerpo mande sobre el espíritu e imponga su liderazgo, cueste lo que le cueste.

—¡Caballero, no empiecen con la fumigadera: yo soy alérgico al humo ese! —se oyó gritar a Eduardo el taxista.

Lino siguió siendo pésimo amante durante los veinticinco años que compartieron cama, menos en esas escasas ocasiones en las que pudieron gozarse sin tapujos, arrebatados por los licores de menta que su mujer había consumido en la peña del café Buenos Aires o sabe Dios dónde. Una o dos veces al mes, Maruja se bañaba en aguas de violeta, recogía su cabello en un nudo alto y se iba de parranda en compañía de alguna amiga. Eso decía: "Voy un rato con Fulana. Me espera la sonsa de Mengana. Hoy cumple años Esperanceja". Regresaba de sus fugas en horas cenicientas, y Lino sabía que la madrugada iría en grande. Para aplacar la angustia de la espera, perdía horas bajo la ducha, frotándose con la esponja hasta arrancarse de la piel todo rastro de miedo. Luego se tendía en la cama a medio secar y se atrincheraba tras la lectura de algún libro, atento a cualquier ruido. Cuando escuchaba los engranajes de la cerradura y el consecuente taconear de Maruja por la sala, se hacía el dormido —confiado en que ella, eróticamente avergonzada, le suplicaría perdones al oído. "Castígame, amor, castígame. Yo soy una cualquiera, una puta barata. Dime que no te merezco. Maltrátame si quieres", decía Maruja entre estrofas de boleros sumisos. *"Ódiame por piedad yo te lo pido...* Dame más. Dame duro, que me duela. *Ódiame sin medida ni clemencia...* Así, así me gusta. *Odio quiero más que indiferencia porque el rencor hiere menos que el olvido",* canturreaba al ofrecer su cuello a la mordida de Lino.

Antes de buscar ayuda entre sus vecinos, Lino le pidió perdón por tantas promesas incumplidas, por aquellos sueños del hotel Sevilla nunca realizados, por esas discusiones banales que no les sirvieron ni para odiarse. Si es cierto lo que cuentan los que han estado a punto de morir, si es cierto que en esos segundos contables de agonía se acuerdan de los momentos culminantes de sus vidas y en la pantalla de la memoria se ven flotando en el vientre materno y se oyen llorar colgados de los pies, bocabajo, y un pezón cálido, sabroso, vuelve a amamantarlos a la luz de una ventana; si es cierto que escena tras escena consiguen recordar desde el primer amor de juventud hasta el último diente de la encía; si es verdad que todo vuelve a acontecer, a oler, a saber, y que esa acumulación de instantes valdrá por único equipaje a la hora de partir hacia "el Más Allá", entonces él, Lino Catalá, estaba muriendo segundo a segundo porque segundo a segundo se le venían encima sus fracasos, como piedras que Maruja le paleara sobre el cuerpo para sepultarlo bajo un montón de escombros. La soledad sería su infierno.

—¡Llegó el carrito del helado! Dicen que trae paletas de chocolate. Apúrate. Te marco en la cola, Maruja —se oyó decir a Moisés desde el portal.

—Flaca, llegó el carrito del helado —repitió Lino entre dientes. No sabía cómo controlar el temblor de sus rodillas.

Los humos de la fumigación se filtraron por la rendija de la puerta y como los químicos de los repelentes le irritaron los ojos, Lino tuvo un buen pretexto para ablandarse y llorar.

Viernes 31 octubre, 2003. Lino, ¿entonces hace ya veinticinco años que murió Maruja? No puede ser, caramba: todo pasa en un abrir y cerrar de ojos. Tú y yo nos conocimos en la peña del Buenos Aires. ¿Recuerdas? Te estoy viendo: zapatos de charol, unas polainas, pantalón de filo, saco cruzado y una boina gallega, clarita. Me río. Yo me dije, ¿de qué museo de cera sacaron a ese tipo? Nos presentó Rosa Rosales. Hablamos boberas esa noche. Te dije no sé qué, y tú quién sabe cuánto. Y después, calabaza, calabaza, cada uno para su casa. Me fui y todavía ustedes estaban ahí. Maruja bailaba con la Rosales. Luego nos hemos cruzado en infinidad de ocasiones. Vivimos a unos ochocientos pasos de distancia pero jamás dimos uno adelante para acercamos. ¿Por qué? Por las fachas, digo yo. A mí me daba una patada en el estómago tu obsoleta corrección, esas camisas azules y verdes, limpias aunque mal planchadas, el brillo de tus zapatos. Y a ti de seguro te repugnaba mi estampa bufonesca. ¿No está gracioso mi pantalón de rombos negros y blancos? ¿Y qué tal las alpargatas, esta camiseta amarilla y mis tirantes fosforescentes que aún conservan su elasticidad intacta? Échale un ojo a la gorrita de los NY. De lujo, ¿no? Pero pasa, Lino, pasa: no te quedes ahí parado como si hubieses visto un muerto. Deja que tu nieto toque mi tambor: es suyo, se lo regalo. Totó, te lo regalo. El orden y la higiene me fascinan. Lo hermoso me mata. Mira esta casa: si encuentras un florero sucio te regalo a mi sobrino Ismael Méndez Antúnez, lo más caro que poseo. Y no me refiero sólo a lo que la inmensa mayoría de la humanidad entiende por lindo, aunque también lo incluyo. Igualo lo horripilante a lo majestuoso, lo vulgar a lo sublime, lo vano a lo sutil, lo somero a lo profundo y lo chambón a lo genial. Yo te llevo cierta ventaja porque soy actor y me cambio la piel a cada rato. Desde joven convivo con mis álter-ego exóticos, unos personajes de nombres raros que se me montan como espíritus al menor chance. Luego de tantas representaciones, conseguí ensamblar sus fábulas imaginarias con rigor de relojero que ajusta cada rueda dentada. Mi nombre de bautizo es Arístides Antúnez pero también fui o soy Abdul Simbel, Benito O'Donnel, Pierre Mérimée, Eduardo Sanpedro, Lucas Vasallo, Plácido Gutiérrez, Elizabeth Bruhl y Larry Po. Entre todos, hemos amado a 68 mujeres y a un dentista. Este cuaderno de tapas rojas es el expediente de mi demencia. Aquí registro datos precisos de los amores para no olvidar de quién he sido. Es mi propio réquiem. Elegí por escenario nuestra ciudad, La Habana, mi tersa Habana, una Habana de bolsillo, caminable, y aquí produje la farsa de mi vida sin importarme un pito lo que puedan decir. La obra tendrá remate feliz cuando yo muera. Soy un hombre suave, más suave que un payaso. Por un momento consideré la posibilidad de regresar al punto de partida, una casa de cuatro aguas en mi natal Arroyo Naranjo, pero luego pensé que sería un error porque nadie se baña dos veces en el mismo río. El día que vuelva al pueblo estaré perdido: sus ruinas serán mi ruina. Durante estos años de funciones privadas siempre busqué alguien que me aplaudiera, un espectador, un testigo. Alguien como tú. Un amigo. Para eso son los amigos.

—¿Lo somos? Acabamos de conocernos, Larry.

—Coño, mi socio, también existe la amistad a primera vista. Déjame leerte algo que escribí en mi cuaderno.

—Dale, pero antes déjame pasar al baño.

Yo soy en verdad Arístides Antúnez, un actor sin suerte, extra de la televisión, Don Juan de pura sangre, viejo verde y cursi. Nací y crecí en el pueblo de Arroyo Naranjo, allá en las afueras de La Habana, donde mi padre cocinaba ladrillos en un tejar del XIX. Hijo de José Ismael y de Gabriela, hermano de Gabriela y tío de Ismael, llevo tres cuartos de siglo dando lata. Me considero afortunado: la gente que me mira no me ve. Soñé con ser Electra, Angelito, Chacha, Agamenón, Tota, Tabo, Mefistófeles, Flor de Té, personajes todos de Virgilio Piñera, y tuve que conformarme con papelitos terciarios, Voz de Altoparlante, El Coro, Hombre 2, Voz #3. No soporto el escandaloso silencio de la soledad ni el fragmentado desparpajo de los tumultos. He sido anacoreta, ermitaño y penitente, también soberbio, altanero y desdeñoso. Después de incontables volteretas, de una carrera con más penas que glorias, luego de pretender a doscientas mujeres y desnudar a cien de ellas y poseer a unas setenta, de las que perviven seis o siete aunque solamente amé a una, que llevaba trenzas, después de beberme quinientas botellas de ron y aprenderme de memoria cincuenta obras de teatro, el balance de mi vida arroja una enorme confusión: en este bullicioso palacio donde vivo, en medio de una muchedumbre de fantasmas, entregué mi corazón al desparpajo y aquí me tienen convertido en un anacoreta soberbio, un ermitaño altanero, un penitente desdeñoso. Me gusta la rumba y el rocanrol, Frank Sinatra y Beny Moré. Soy un mar de contradicciones. "Traiga su vacío", se leía en las pizarritas de las bodegas cubanas para advertir a los clientes que debían llevar el envase para el aceite y una cazuela donde cargar manteca. Yo traigo mi hueco: estoy vacante. Cuando me toque el turno de la cola, cuando oiga decir "el siguiente, compañero", me iré volando. Al nacer ya estás en fila. Dejaré la casa arreglada, la cocina limpia, la cama tendida, los papeles en regla y me fumaré el último cigarro en el balcón, hasta el cabito. ¡Todos a escena! Abdul Simbel, Benito O'Donnel, Pierre Mérimée, Eduardo Sanpedro, Lucas Vasallo, Plácido Gutiérrez, Elizabeth Bruhl, Larry Po, vengan conmigo en filita india. Acá los dejo, en la inmortalidad de esta página. Si quieren quédense. Los conozco, mascaritas. Siempre me consideré vuestro Geppeto, pero no era cierto: ustedes movían mis hilos desde la alta sombra. Se han ganado la libertad en la palabra. Sean felices. Jueguen. Diviértanse. Búrlense de mí. Y no me extrañen, se los ruego. No quiero que me lleven flores. ¡Todos a la Plaza! Canten en mi tumba El Rock de la Cárcel. La añoranza es un estorbo y la nostalgia, tremenda calamidad. Si dan con su paradero, díganle a la de las trenzas que me alejo amándola. El último que apague la luz. Estiro los elásticos de los tirantes y me encasqueto la gorra hasta las cejas. A la una, a las dos, a las tres: ¡entro en mi vacío! Chao. P. D. Todo para acabar de esta manera.

Mi casa es tu casa. Lino, te invito a almorzar mañana o pasado mañana. No cocino mal, modestia aparte. Déjame ver qué encuentro en el agro. Ayer sacaron yuca y plátanos más verdes que un lagarto. De Pascuas a San Juan, mi sobrino Ismael se busca unos dólares por ahí y va al mercadito del Focsa y me compra papel higiénico, detergente, jabón. Como diría Tota a Tato, los personajes de Virgilio Piñera en *Dos viejos pánicos:* "No soy otra cosa que un cadáver sin miedo a las consecuencias". Te prometo una sopita de aire. Mago, no me mires con esa cara: somos ya grandes amigos. Te repito, ¿acaso no existe la amistad a primera vista? La amistad es un romance. Te dije a saltos mi carta de despedida, el final de esta farsa inconclusa. La escribí hace una pila de años para que fuese encontrada en la primera mañana de mi muerte. ¿Qué? ¿Quién es quién?

—¿Quién es la de las trenzas?

—Pusiste el dedo en la llaga. Se llama Esther Rodenas.

Yo sabía que tanta belleza me iba a costar caro. Nuestros caminos se cruzaron a los 14 años, el jueves 5 de junio de 1947, santo del beato Fernando de Portugal. Recuerdo que lloviznaba con el sol afuera y mi padre me dijo que el Diablo se estaba casando. La vida es un juego, Lino: hay que jugar. Apostar. Divertirse. No hay arte sin riesgo, créeme. El que no juega, pierde, mi socio. El recuento de nuestro efímero noviazgo no tiene fisura, ni siquiera falta el sabor a mandarina de sus labios, prueba que el tiempo no es tan demoledor ni tenaz ni traicionero como muchos afirman, pues si lo fuera algo se habría corroído en cincuenta y siete años de haberla perdido aquella mañana insoportablemente gris, cuando la familia Rodenas atravesó el puente a bordo de un automóvil negro y mi última imagen de Esther se evaporó en el éter. Todo lo cuento en este cuaderno. Léelo. A medida que envejezco, ella rejuvenece en proporción inversa a mi depauperación, y ya no hay madrugada que no sueñe con sus ojos.

Lino, la vida es un simulacro. La verdad es que he amado de cuerpo presente a 68 mujeres, sin contar a Esther. La mitad de ellas se murió, la mitad de la mitad se fue del país, y la mitad de la mitad de la mitad restante andan perdidas o sé que no quieren verme ni en pintura, por lo que si saco cuentas (sesenta y pico entre dos, entre dos, entre dos, tanto por cuanto, la mitad de la mitad de la mitad de la mitad arroja una cifra enclenque), apenas quedan seis disponibles, probables, reales, completas, y el lío es averiguar cuál de ellas quisiera cargar conmigo, después de lo mal que les quedé. ¿La profesora Ruiz, Rafaela, Bárbara, La Jabá, Julieta, Huesitos Betancourt? Para unas fui el ingeniero O'Donnel o el acuarelista Mérimée y, para otras, el doctor Sanpedro o el empresario Simbel. Sólo me siento Arístides cuando evoco a Esther, algo que cada día me sucede con menos frecuencia. La semana pasada me hice unos chequeos y la doctora me dijo que mi corazón era un chiquero de nicotina. *Un día hubo una fiesta aquí en la prisión, la orquesta de los presos empezó a tocar, tocaron rock and roll y todo se animó...*

Durante el inicio de mi carrera artística regresé a mi nombre de bautizo, pues debía acreditar mi identidad con documentos oficiales, pero fuera del ámbito laboral seguía cambiando de piel para sentirme a gusto. Eso lo aprendí de los camaleones. Algunos conocidos me tienen por Lucas Vasallo (mi seudónimo para créditos artísticos). Una vez me atreví a encarnar en las caderas de Elizabeth Bruhl, una chica de ascendencia belga que sostuvo un romance por correspondencia con un estomatólogo de Santa Clara, mayor que ella. En serio. Lo pasional de una historia no debe hacernos negar de su autenticidad. Yo quería saber en carne propia qué se siente cuando un hombre te enamora —y de paso confrontar otras virilidades con la mía—. Pensaba que si mantenía la cautela, podría incluso descubrir esa parte femenina que los hombres siempre tratamos de esconder porque los hombres-hombres no suspiran. El pretendiente de Elizabeth resultó un maniaco sexual. Llegó a ofrecerle a la chica cuatro colmillos de oro si le regalaba una tarde bien relajada en su trono de dentista. Lo cierto, quiero decir lo que más se aproxima a la verdad, es que fui el comediante Arístides Antúnez desde la mañana de mi nacimiento hasta la noche que me tocó interpretar el personaje de un maletero en una pieza de teatro que trasmitió la televisión: *¿Quién mató a Larry*

Po? No elegí a Larry: él me secuestró. Al comenzar la obra, yo aparecía muerto en un hotel de escupitajos, tumbado al pie de la cama, y en esa posición me mantenía 50 minutos sin cortes, aguantando a buchitos la respiración. Rosita Fornés pasaba sobre mi cuerpo y yo la vacilaba con el rabito del ojo, como al descuido. El fantasma de Larry encarnó en mi cuerpo con tanta terquedad que ya nadie volvió a llamarme por mi nombre, sino por el de ese misterioso oriental del que muy pocos sabían algo, ni siquiera los verdaderos protagonistas del drama —y lo poco que se rumoraba de mí era tan contradictorio que el detective encargado de esclarecer el asesinato concluyó que el difunto había sido muchas personas a la vez, ninguna en verdad importante—. El día de la función estuve estelar, modestia aparte. Larry acabó usurpando el espacio de Sanpedro, O'Donnel, Mérimée, Simbel, el doctor Gutiérrez, la Bruhl. No estorba. De alguna manera me complementa. Con el tiempo, hemos llegado a ser una misma persona.

—¿Qué fue de Lucas?

—Lo liquidé, Lino.

El actor Lucas Vasallo carga todas mis frustraciones. Guardo de él pocos recuerdos gratos. Hace cuatro años lo enterré en el malecón, frente al hotel Nacional. No resulta fácil, lo reconozco, sepultarse a uno mismo. Busqué en el cuarto de atrás los recortes de periódicos donde mencionaban su nombre, las carpetas de fotos, los libretos de las obras, y les prendí fuego en la terraza para que los vecinos fueran testigos de mi propio asesinato. Esa misma tarde eché mis cenizas al mar sin darme cuenta de que el viento batía en contra y me embarré la cara. Lucas se negaba a abandonar mi cuerpo y me clavaba las uñas en la piel: quería llevarme consigo. Pataleaba. Por un segundo me arrepentí de lo que había hecho. Me ganó la sed de revancha. Al ponerle fin a su anodina existencia, esperaba sentirme ligero. La ceniza en mi cara dejó en claro que Lucas Vasallo también me aborrecía. ¡Ay!, no te vayas. Totó puede dormir en el sofá si le entra sueño. Anda, quédate un rato. Eres la primera persona a quien le cuento mis aventuras —y el primer guanajo que me escucha—. Te presto mi cuaderno. También necesito un lector.

—Una duda, Larry... ¿Alguna vez se supo quién mató al maletero?

—Sí. Lo mató la perra.

—¿Cómo que la perra?

—La perra vida, Lino: una calavera que aúlla.

¡Veinticinco años sin Maruja! Caramba. ¡Qué viento se desató el día de su entierro! ¿Te acuerdas del olor a panetela del café Buenos Aires? ¿De Rosa Rosales? Qué tiempos. *Perdóname conciencia, querida amiga mía...*

Perdóname conciencia, querida amiga mía. Ahora que Maruja había muerto, Lino se preguntó por qué ella le había sido fiel nueve mil ciento cincuenta noches, las que iban desde aquel noviembre de 1953 a ése de 1978, y se dijo en silencio una posible verdad que su esposa habría desacreditado, aun sabiéndola cierta: porque era mujer de traicionar una sola vez, de tajo, y se negaba a perder tiempo en la búsqueda de ese otro hombre ideal, sin garantía de felicidad. Lino era su pájaro preso. El miedo lo explica casi todo, y lo que no explica el miedo lo hace el tedio.

¿Maruja le había sido fiel? ¿Y las manchas de nicotina entre los dedos índice y del medio? ¿Y sus paseos nocturnos, bañada en agua de violeta? ¿Y las misteriosas Fulana, Mengana y Esperanceja? Nunca las conoció en persona. ¿Y aquella noche, en la peña del café Buenos Aires, cuando Maruja sacó a bailar a Rosa Rosales? ¿Y el aliento a menta? ¿Y la cicatriz de la muñeca izquierda? ¿La felicidad sería, de veras, un mito? ¿Qué fue para ella la felicidad? ¿Qué había sido para él la felicidad? De nada valía plantearse esas preguntas: la infelicidad es idéntica para todos. Las respuestas que encontraba en el pasado, lejos de esclarecer sus dudas, resultaban más turbias que cualquier nueva incertidumbre.

Lino, por ejemplo, nunca pudo superar el trauma que lo redujo al tamaño de una pulga cuando, al tercer año de matrimonio, Maruja quiso saber por qué no salía embarazada y los análisis clínicos precisaron que era el hombre quien padecía trastornos de esterilidad. Tampoco pudo aceptar la conformista actitud que asumió su mujer al salir del hospital. No volvió a mencionar el asunto, como si no le interesara el dictamen, cuando lo que más le alegraba entre cielo y tierra era imaginar una casa-manicomio repleta de hijos gritones, de edades escalonadas y muy diversos temperamentos. Lino lo sabía porque durante el noviazgo los dos jugaban a ponerles nombres sonoros a sus futuros descendientes, y Maruja había seleccionado tres de flores para cada hembra y dos de cantantes famosos para los varones; les inventaba apodos, habilidades, títulos universitarios y tanto los iba queriendo que acababa soñándose de abuela joven al frente de un batallón de nietos. Lino trató de conversar sobre el tema, pero ella siempre lo evadió con astucia ronca y no tuvo más remedio que resignarse a ser un perdedor. Les hubiera hecho falta llorar, pero nunca lloraban.

La pareja se satisfacía dos noches a la semana con escrupulosa premura, siempre de lado, sin besarse siquiera para no exigirse demasiado en la invención de maromas. Tras cada nueva frustración, Lino terminaba avergonzado de su hombría al paladear ese amargo sabor que queda en la boca de los pusilánimes al saber que no merecen hembras tan bravas; incluso llegó a pensar, a desear, que lo mejor sería que ella se buscara un semental que le fecundara un hijo, para recuperar ambos las ganas de vivir en la crianza de una ilusión verdadera. No se lo dijo, aunque una tarde de siesta, sólo una, soñó con el niño que no tendrían. Lo vio encentrado en el marco de una pequeña ventana, como una foto carné.

—Lo siento, don Lino —dijo Moisés. Con manotazos torpes trataba de esconder sus ojos, inyectados de sangre, mas no podía ocultar un moretón en la ceja derecha. Tenía voz de soprano y labios de clarinetista—. Si quiere, aviso a la ambulancia. Yo me ocupo, vecino.

Lino acompañó a Moisés hasta el portal. La luz lo dejó ciego. Cuatro niños montaban patines por la acera, envueltos en la aureola de la escandalera. Los de la basura cargaban un colchón de muelles vencidos. La calle reverberaba. El verde de las arecas era demasiado verde, y demasiado azul el azul del cielo, y el blanco de las fachadas demasiado agresivo para las secas pupilas de Lino Catalá, viudo de estreno. Su mano derecha tampoco era su mano derecha: cuando el joven estudiante de Medicina se la apretó con real afecto, a manera de despedida, los huesos crujieron como cartílagos de pollo.

—No sufrió, ¿verdad?

—No creo.

Lino tiró la puerta. A intervalos breves, se daba de cabezazos contra la madera, cada cabezazo más fuerte que el cabezazo anterior.

—Ya te vas, Maruja.

Lino eligió para su esposa el vestido rosa que ella llevaba la noche anterior, y le puso entre las manos el collar de perlas plásticas, a manera de amuleto. El dolor le dio por cuidar los detalles, igual que veinticinco años atrás había preparado la boda con afán perfeccionista. Al partir hacia la funeraria, tuvo la precaución de buscar en la cómoda del cuarto los cosméticos de Maruja para que la maquilladora de cadáveres le coloreara los cachetes con los tonos de su preferencia; ante la camilla, pidió a la empleada que le calzara medias de invierno. "Las tumbas son frías", dijo. También eligió una foto de Eloisa Sánchez, hermana de Maruja, para que la cargara en el regazo y así pudiese localizarla cuando un ángel le preguntara en el cielo por sus seres queridos. Lino se vistió de cuello, saco y corbata, en perfecto luto, limpió los zapatos hasta sacarles chispas y se echó en el bolsillo las plumas checas para estrenarlas en la firma de los documentos de defunción. Se afeitó tres veces.

Los primeros que acudieron a darle el pésame fueron la sobrina Ofelia y su prometido Tony Chávez, un gordo buena persona, cocinero del restaurante Los Andes, que sudaba como un condenado a muerte bajo la pana de su único traje oscuro. Luego llegaron tres vecinas a las que Maruja les arreglaba las uñas, y al rato los hermanos Eduardo y Moisés —que escondían sus ojos tras unos espejuelos oscuros—. Por ultimo, ya en la funeraria de Zanja y Belascoaín, apareció Rosa Rosales, propietaria y principal animadora de la peña del café Buenos Aires. Se había recogido el cabello en una redecilla de hilos delgados que dejaba al desnudo su cuello largo y blanco, marcado a la altura de las clavículas por una cadenita de oro. La Rosales traía un mantón de Manila repleto de zurcidos invisibles.

—Creo que es el mantón que me pedías. Está de mírame y no me toques.

—Tu chal, flaca —dijo Lino al cubrirle los hombros a Maruja, antes de cerrar el ataúd.

Una muchacha de trenzas pelirrojas se asomó al ataúd de Maruja e hizo una señal de la Santa Cruz que duró lo que su sonrisa, dulce, caritativa, y Lino quiso pensar que debía de ser un ángel encarnado en una habanera risueña. La capilla de Maruja quedaba junto a la de un chino mulato que había fallecido en un pleito callejero, según contó a Rosa Rosales la madrina de santería del difunto, una negra de huesos secos y piel tableada, vestida de blanco, con varios collares de Santa Juana enroscados en su cuello de jirafa: "El otro muerto, dicen, es del campo socialista", comentó la señora. En un tercer reservado, donde descansaban los restos del extranjero que volaría a Europa en cuanto le consiguieran espacio en la barriga de un avión, la muchacha de trenzas leía ahora la revista *Bohemia*, mientras se daba balance en un sillón.

—¿Son bonitos mis claveles? —dijo la joven cuando Lino le ofreció una taza de café—: Me llamo Constanza. Los compré en la florería de la esquina.

—Son lindos, sí.

—¿Sofía es la capital de las flores? El muerto es búlgaro. Era búlgaro: Rumen Blagojev.

Lino simpatizó con Constanza. Algo en su mirada (o tal vez por el óvalo de su cara o su cabello encendido, el viudo no alcanzaba a descubrir el motivo claramente) le obligaba a no dejarla sola. Antes del amanecer la pelirroja le había contado varios episodios de su vida, sin dejar de tejer y destejer su trenza, una acción que daba a la escena una candidez adicional. Decía conocer poco del búlgaro. Lo había encontrado en un parque de Miramar, donde ella debía de verse con su novio, un matancero llamado Ricardo Pimentel, y alcanzó a escucharle una frase de dolor o despedida, dicha en idioma incomprensible, antes de doblarse en estertores y morir en tierra de nadie, aferrado a la mano de la muchacha. Cuando los agentes de la policía acudieron al llamado de Constanza, se enteraron por el pasaporte que Rumen Blagojev vivía en Varna, ciudad a la que pensaba regresar en dos semanas, según demostraba su boleto de avión. La embajada de Bulgaria en Cuba se ocupó del caso, pero la pelirroja consideró su deber acompañarlo hasta el último momento: su novio no había acudido a la cita. El forense hizo los exámenes de rigor y dijo que había fallecido por causas naturales, derrame cerebral o algo así, por lo cual las autoridades consulares iniciaron de inmediato los trámites para el traslado a su país.

—¿Ricardo sabe que estás aquí? —preguntó Lino.

Constanza se echó la trenza a la espalda.

—Ya no importa. También el amor se muere —dijo enigmática—: Me duele la barriga. He tomado mucho café. ¿Cómo será Bulgaria? Un país con muchas flores debe contar con un ejército de jardineros. Debe de ser linda ciudad, ahora que lo pienso... ¡con un hombre de overol, arrodillado ante cada rosal! Ay, mi barriga. ¿La del chal es su esposa?

—Sí.

—¡Qué joven! Voy a aprender a rezar para rezar por ella.

El cortejo de Maruja partió antes que el del búlgaro. Eduardo puso su automóvil a disposición de los dolientes. Al abordar el chevrolet Lino volvió la cara y vio a Constanza en la acera de la funeraria. La muchacha hacía una visera con la mano, como buscando a alguien. Cuando descubrió a Lino, aleteó los brazos, indicándole que Rumen Blagojev pronto tomaría pista para el despegue.

La caravana echó a andar entre una manada de orientales que en ese momento llegaba en procesión, presididos por un enorme retrato donde el chino-mulato sonreía bajo un lazo negro, de fino satín. Al pasar la comitiva, Lino vio que Constanza unía las palmas de sus manos en gesto de religioso respeto. Haber conocido a aquella muchacha desenfadada fue lo único bueno que le sucedió en toda la noche, y después la recordaría con un agradecimiento desproporcionado, pero real porque cuando supuso que ya no se verían más, que la perdería en esa acera de la calle, él pensó que su esposa hubiese querido tener una hija como Constanza, y se sintió de pronto doblemente abandonado.

Nadie despidió el duelo de Maruja. Las ráfagas de un Norte caracoleaban por las callejuelas del cementerio, afilándose entre los laberintos de los panteones, por lo que las tres coronas de flores salieron volando sobre las tumbas, como ramos de novia. Rosa y Ofelia se brindaron para acompañar a Lino.

—Te preparo algo de comer —dijo Rosa.

Lino inventó una excusa cualquiera para escapar de la encerrona.

—Eduardo y Moisés me llevan —dijo. No sabía mentir.

A la salida del cementerio, se cruzaron con el cortejo del mulato. Dos niños de unos siete años abrían paso al enjambre de negros y orientales: el varón agitaba un infiernillo de carbones perfumados, mientras la niña hacía sonar un triángulo metálico. Lino dijo a Eduardo que prefería regresar a pie y bajó del automóvil. Moisés lo siguió con la vista por el espejo lateral hasta que el viudo desapareció en el vibrante resplandor de la tarde.

Lino caminó por la calle Zapata hasta los viveros de Paseo, donde se detuvo a descansar. Le dolía el bazo. Atrapado en el nudo de la pesadumbre, empezó a patear piedras en torno a un árbol gigante. Taconazo a taconazo, sus zapatos iban zanjando un redondel casi perfecto en el edredón de hojarasca, sin que consiguiera encontrar la salida de ese círculo expiatorio. Todavía rehén de su pena, se sentó a horcajadas en el tronco de una palma, atravesada en tierra, y se esforzó en resucitar momentos parpadeantes de Maruja, cuando tarareaba sus canciones desde el fogón de la cocina, *antes de que tus labios me confirmaran que me querías, ya lo sabía, ya lo sabía*, o cuando iban a la playa de Guanabo y ella se negaba a adentrarse en el mar (apenas mojaba los tobillos), porque le tenía terror al agua desde que su hermana Eloisa, madre de Ofelia, se ahogara en las resacas de Bacuranao, *porque con la mirada tú me pusiste un telegrama, que lo decía, que lo decía,* pero la mente de Lino Catalá estaba vacía, y en los breves chispazos lúcidos de su coraje retornaba a la noche anterior, cuando quiso cubrirla con la sábana y ella lo tumbó sobre su cuerpo, *sólo tú, y solamente tú, puedes dar luz a mi soledad*, la noche del último amor, olor a leche hervida, reprochándose la estupidez de no haber advertido que ambos estaban ante un abismo, *ya lo sabía, ya lo sabía*, pero el rostro de Maruja se iba oscureciendo, velando, en las espirales del vértigo, y la playa de Guanabo se borraba en el paisaje de la memoria y los árboles del vivero daban tirabuzones de papalote pues esa inhumana tarde eran mucho menos vitales sus recuerdos que el dolor de lo perdido. Allí permaneció una hora, harto de su sombra, harto de él.

Una fila de hormigas bravas escalaba por sus piernas. Dos adolescentes habían encontrado refugio para el amor entre los matorrales del húmedo jardín: discutían cara a cara y, en el punto más álgido del litigio, se besaban entre forcejeos. Reían. Lino pensó en Constanza, en el chino-mulato, en el búlgaro Blagojev que vino a encontrar la muerte lejos de los balnearios de Varna. Tres personas que jamás se conocieron en este mundo habían dejado de respirar y de reír en el mismo sitio y casi a la misma hora, casual coincidencia que probablemente no encerraba ningún significado especial, salvo quizá la enseñanza de que a cada paso se abre una encrucijada, un enigma que debemos resolver sobre la marcha. Sea cual sea la decisión, acertada o no, certera o no, todos los caminos conducen a la misma e irreversible encerrona. Morir es eso: que nadie vuelva a verte. Lino comenzó a aplastar las hormigas, una a una.

Cuando llegó a su casa, se habían evaporado los aromas de la acetona, tan propios de Maruja, por lo que la estancia estaba poseída por una peste a queroseno que no dejaba lugar al más mínimo consuelo: si no se quería, nadie lo iba a querer. Entonces, nadie lo querría. La madrugada se alargó un siglo. Le picaban las piernas. Se sacó sangre del muslo con las uñas. Escarranchado en el centro de la cama, en camiseta y calzoncillos, el mentón contra la clavícula, juró por Dios Todopoderoso que no haría nada de nada por volver a ser feliz, en el supuesto de que lo hubiese sido. Había renunciado a ese derecho.

—Te hubiera aplaudido desde la barra del bar —susurró a la almohada y se hundió la media de seda hasta cubrirse el rostro como careta de esgrimista—: ¡A mí tampoco me gustaba dormir sin ti, Maruja!

Durmió sentado.

Domingo 2 de noviembre, 2003. Elizabeth Bruhl nos mandó una docena de frituritas de malanga. Y no es la única sorpresa, Lino. Te he preparado una comelata a todo meter: tamal en cazuela, tostones, arroz blanco y la prometida sopa de aire, que nunca falta. Puse copas de fino bacará. Las compré hace mil años en el *Ten Cent* y las estrené con Rafaela Tomey, mi adorada enfermera, una noche de arrebatos y amoríos. Pasa. Estaba acabando de limpiar. Todas las mañanas, o casi todas, me entretengo en barrer la casa. Nunca he perdido la esperanza de que alguna de mis mujeres suba esa escalera y toque a la puerta para decirme que no puede seguir sin mí; por eso cada florero, cada portarretratos, cada figurita de porcelana debe relucir con luz propia en los estantes. Prefiero sacudir descamisado y en calzoncillos, plumero en mano. Trapeo cantando. Es una acción propia de una novia que desea impresionar al galán por su pulcritud, ilusionada porque esa tarde viene a pedir su mano, y no típica de un viejo verde como yo que se ha pasado la vida entera buscando a alguien que lo acepte con sus manías. Mientras recojo los cuartos, repito parlamentos de Virgilio. Me sé los diálogos de memoria. Siempre he soñado con interpretar una obra suya. Espera, me visto. ¿No huele a creolina?

—Sí, pero es agradable. La ciudad apesta a inodoro...

Por cierto, hablando de inodoros... *Los inodoros antiguos son más altos que los modernos. La tendencia en los fabricantes de inodoros es que cada vez sean más bajos. Un día los van a fabricar tan bajos que uno se verá forzado a sentarse casi en el suelo con las piernas abiertas*, dice don Benigno en el cuarto cuadro del primer acto de *Aire Frío*, del Flaco Piñera. Tengo buena memoria y una botella de aguardiente.

Los detalles son importantes, al menos para mí, que he escrito el libreto de mi imposible felicidad y cada día preparo el decorado por si alguna princesa de carácter se atreve a visitar este teatro del absurdo. Un teatro sin lunetas ni palcos, sin críticos ni historiadores, donde todo el espacio está en función de esa obra para dos comediantes que ensayo día tras día: mi ideal de vida. Actor de sangre, dejo poco al azar aunque admito que, iniciado el diálogo, puede haber cierto margen para la improvisación. Hoy me estuvo doliendo el pecho en la mañanita. Una punzada. Me fui al balcón. Respiré. La negra de enfrente es idéntica a Electra Garrigó. *Qué furia me sigue, qué animal, que yo no puedo ver, entra en mi sueño e intenta arrastrarme hacia una región de la luz.... ¡Oh, luz! ¿Serás tú misma ese animal extraño?* Ya pasó el dolor. La vecina llevaba una corona de rolos en la cabeza. Qué bueno que estás aquí, Lino Catalá.

—Gracias.

Puse tres platos porque pensé que vendrías con Totó. Parece nombre de un personaje de Virgilio. El Gordo dice: "Si bien el acto de comer una fritura no constituye una comida en sí, con todo es una invitación al banquete", y hace una pausa, antes de añadir: "Bien, le daré esa fritura". Hay una sabia reflexión sobre el arroz con pollo. Cuando lleguen los muslos de gallina de mi dieta, cocinaré un arroz a la Piñera. Dice El Flaco: "Baje a fuego moderado y agregue lo siguiente. La cebolla lavada y partida en pequeños pedazos. El pimiento verde lavado y sin semillas y partido en cuatro. El ají dulce, el tomate, la hoja de culantro y las ramitas de culandrillo. Seis aceitunas. Una cucharita de alcaparras". Entonces El Gordo salta de la silla y exclama: "¡Bravo, bravo! Es tan excitante como una película pornográfica", coge un poco de arroz con el tenedor y dice a su amigo: "Abra la boca". Espera, me visto. Te dejo un rato con Frank, el sublime Sinatra. A él puedes contarle lo que quieras: confía siempre en la discreción de un muerto. Tranquilo, no me mires con esa cara, caramba. No estoy loco: sólo me hago.

—Tengo nueve discos de Hugo del Carril.

Elizabeth es mucha Elizabeth. Por ahí anda esa chiflada. Si sientes un escalofrío, o te da de repente taquicardia, es ella

—que pasa como un ángel—. Un soplo. Una salpicadura de luz. Un destello. Una sombra fría. Una brisita. Dile algo a Elizabeth. De joven, fue monja. Piropéala, chico. *Si cocinas como caminas, me como hasta la raspita.* Lo reconozco: la Bruhl ha envejecido, a la par de mí. De todos. El tiempo no gotea en vano. El tiempo es nuestro enemigo. Te aseguro que fue candelita viva. La Reina de Jovellar. La Mamita del barrio. Ya no detiene el tráfico de Infanta como en sus buenos tiempos, aunque si la vacilas con detenimiento, si no reparas en sus várices ni en la celulitis que algodona sus nalgas de vaca, si obvias la ingrávida tristeza de sus tetas, antaño redondas, verás que mi adorada Elizabeth se conserva en formol. Yo era su confidente hasta que empezaron a quererse entre ellos, algo que no había previsto, y consiguieron una relativa independencia espiritual. Por ejemplo, ella siempre ha preferido a Pierre Mérimée, a pesar de mis mimos. Los he visto enroscados en la cama. Le arrebata amar con las ventanas abiertas, ¡oh!, divina exhibicionista: cuántos pecados me enseñaste. Guardo en mi escaparate las cartas del dentista. Hace tiempo que no las leo para no tropezar de nueva cuenta con la piedra de la insensatez. Cuando huele un hombre en casa, Elizabeth se sienta en el último escalón de la escalera con una rosa atravesada en los labios. Lame los pétalos de la flor. Se acaricia desde la frente hasta su entrepierna humedecida, pasando claro está por el pozo del ombligo. Se me hace agua la boca.

—Hace fresquito.

—Voy a vestirme. Disfruta las frituras. Sóplalas: están calientes. Oí en la radio que esta noche entra un frente frío en La Habana. Un frente frío. Un frente frío. Parece título de Virgilio... o verso de un tango de Carril.

Lino Catalá llevó luto hasta que su saco negro se deshizo en el perchero. Un domingo cualquiera descubrió que ya no necesitaba cortarse los pelos de la nariz ni afinarse el bigote sino cada tres o cuatro semanas porque sus vellos habían dejado de crecer al ritmo de antes, y entendió esa anomalía como una nítida señal de que debía prepararse para el próximo viaje. "Esta mierda se está acabando", pensó ante el espejo, envuelto en el sopor del queroseno. La mierda era su vida. Por esas fechas, aceptó que Ofelia fuera a vivir a su casa cuando ella le dijo que estaba preñada.

—¡Un nieto! Este mausoleo necesita un niño que lo orine. Se lo quedan cuando yo me vaya —le dijo Lino—: La sala volverá a oler a acetona.

Hija de la difunta hermana de Maruja, la muchacha había aprendido de su tía el arte de pintar flores en las uñas, una habilidad por lo demás bien remunerada si se piensa que eran pocas las manicuras que se atrevían a ejecutar tareas tan preciosistas. En octubre de 1979 Ofelia se casó con Tony Chávez, aquel pedazo de pan que trabajaba en el restaurante Los Andes, y en marzo del año siguiente vendría al mundo un ángel con síndrome de Down: Antonio María, a quien todos llamarían Totó. Fue el cocinero quien logró, a fuerza de cariño, que Ofelia venciera el bochorno de haberle dado un hijo bobo. Al descender del taxi, de vuelta al hogar con los bultos de la canastilla, cargó al bebé en brazos y, mirando a su adolorida mujer, que aún no bajaba del auto, hizo la declaración de amor más hermosa que habría de oírse en aquel vecindario:

—Gracias, Virgencita, mi niño será niño toda la vida.

No fue el único alumbramiento. En 1982 nacerían los jimaguas Vladimir y Valentina, hijos de la taciturna Dolores

Meléndez, prima de Tony y esposa del teniente Rogelio Chang. Los nuevos inquilinos llegaron desde la provincia de Las Tunas, en el oriente de la isla, saludaron a la parentela con la cabizbaja humildad de los desamparados y pidieron albergue a Lino.

—Será algo transitorio —dijo Tony—: Tres semanitas y arrivederchi. Usted, tranquilo, no coja lucha. Yo les cocino canelones de hígado.

—De acuerdo, Tony: ésta es tu casa.

La situación se complicó, y de qué manera, cuando los exámenes del ultrasonido dictaminaron que sería un embarazo en extremo riesgoso. Para colmo, la estancia de los huéspedes se hizo eterna a raíz del primer infarto de Tony (había discutido con Chang durante el almuerzo), porque ni el viejo Lino ni Ofelia ni el delicado cocinero encontraron una estrategia civilizada para deshacerse de ellos. El teniente ordenó a Dolores "atrincherar el campamento", dispuesto a defender la posesión a tiro limpio: se llevó el televisor de la sala a su cuarto, trajo una extensión de teléfono hasta su mesa de noche y compró una lavadora rusa para no enjuagar los uniformes en la batea donde Ofelia escurría los trapos del viejo, los delantales del cocinero y los pañales del mongo, evidencias de que no pensaba emprender la retirada.

—Dolores, esta vivienda será mi cuartel —dijo.

—Amor, no me parece justo...

—Deja la bobería: lo que se da no se quita. Lino es un guanajo.

Antes de la invasión de los tuneros, Lino había cedido el cuarto matrimonial a Ofelia, como regalo de bodas, y se instaló en el segundo dormitorio, del cual sería desplazado con la llegada de la prima parturienta. Hizo escala en una tercera habitación, pero en abril de 1980 debió abandonarla para colocar las cunas de los gemelos. Por decisión propia, Lino se negó a que Tony le devolviese sus potestades sobre el cuarto principal y terminó en el de criados, un espacio pequeño que tenía el privilegio de contar con baño propio. Lo otro que conservaba como suyo era el armario de la sala, donde exponía sus dos tesoros más valiosos: nueve discos de Hugo del Carril, aún conservados en las carátulas originales, y un centenar de libros, folletos y revistas en los que había trabajado durante su deambular por las imprentas de La Habana.

Lino daba por hecho que moriría en breve, a más tardar a mediados de los ochentas, pero sus cálculos solían ser erróneos. Por esa fecha, su corazón tenía cuerda de sobra, tanta que el año 2003 lo encontró en el traspatio de la casa, doblando un culero de periódicos a la sombra de una enredadera de picualas. En los titulares se anunciaba el cumpleaños cuarenta y cuatro de la revolución cubana.

—¡Qué viejos estamos! —exclamó al pasar una punta del pañal entre sus escuálidas piernas.

Jueves 6 de noviembre, 2003. Lino conoció a Lezama. Te lo juro, Ismael. Es linotipista, valga la redundancia. El apodo de El Mago tiene que ver en ese encuentro. Te cuento lo que me contó en el almuerzo. Mira. En el año 1954, a Lino le pidieron que sustituyera por dos meses a uno de los empleados de *Úcar y García*, donde se editaba la revista *Orígenes*. A los cuatro o cinco días de ocupar la plaza, dice Lino, llegó José Lezama Lima. Traía en una caja de dulces los manuscritos de un nuevo número de la publicación. Desde la puerta del taller, por encima de los humos del plomo fundido, al ver la velocidad de Lino al operar los teclados, Lezama le dijo: "Usted es un Mago, amigo".

—No te creo, tío. Tú eres más fantasioso que el Diablo...

Yo soy fantasioso. Han pasado muchos años, pero Lino aún conservaba un ejemplar de esa edición, protegido en forro de celofán, sobre un atril de madera que corona el armario de la sala, según me cuenta. De tanto leerlo, ha llegado a aprenderse los artículos de memoria, como yo los diálogos de Virgilio. Está muy orgulloso de haber cumplido su trabajo sin graves erratas. Desde aquella época de aprendizaje, donde gastó retinas y espejuelos alzando mayúsculas, a Lino le quedó una manía propia del oficio: calcular a simple vista los alfabetos y el puntaje de los anuncios. "Es que soy una pituita", me dijo Lino cuando yo cuestioné su particular costumbre de medir la importancia de las cosas por el tamaño de las letras.

El otro día le mostré el *Cuaderno de tapas rojas* donde entre saldos, entrada y salida, llevo un registro meticuloso de mis sesenta y ocho mujeres memorables. Nombre. Apellidos. Apodo. Edad. Teléfono. Señas Particulares. Oficio/Habilidades.

Parentela. Última Dirección Conocida. Primer Encuentro. Último Encuentro. Amante Inicial: Antúnez, O'Donnel, Mérimée, Sanpedro, Simbel, Plácido Gutiérrez, Elizabeth y Larry. Estado o Deterioro Actual de la Relación: Murió, Se Fue del País, Me Odia, Me Quiere. Observaciones Finales. En una caja de tabaco guardo las cartas que el dentista de Santa Clara le escribiera a la desprejuiciada Elizabeth Bruhl. Todo empezó de niño. A los once años yo me creía el neurocirujano Plácido Gutiérrez y operaba lagartijas con una cuchilla de afeitar. Plácido por un vecino cojo que arreglaba bicicletas en Arroyo Naranjo. Gutiérrez es mi segundo apellido. De joven, y por un buen tiempo, fui el ingeniero de caminos Benito O'Donnel, rompedor de corazones que tuvo incontables romances a lo ancho de los pueblos que fue asfaltando. Por ejemplo, se enamoró de Magaly Peñalver. Aquí están inventariados sus datos: gran pinareña, radicada en La Habana, tenía un lunar de sangre a la espalda. Primer Encuentro: en los carnavales de Bejucal, la tarde que un aguacero echó a perder la fiesta. Último Encuentro: en el restaurante El Carmelo de Calzada. Cherna dorada en mantequilla, puré de papa, helado de fresa. La llevé hasta su casa en mi motoneta. Categoría: sin duda, me odia. Estado o Deterioro Actual de la Relación: murió de asma.

Yo estaba narrando estas historias cuando, de pronto, a Lino se le comenzaron a cerrar los ojos. No alcanzó a oír mi elogio de Magaly Peñalver y jamás se enteró de su lunar de sangre: se le descolgó la cabeza. Dormía con el tenedor en la mano. Respeté su cansancio. Me puse a lavar los platos y recogí la cocina, hasta dejarla brillando. Al regresar a la sala me extrañó no verlo en la silla. Pensé que se había ido, pero no, Ismael. El Mago estaba tumbado en el sofá, los brazos en el pecho, las piernas cruzadas a la altura del tobillo. Roncaba bajito. Lo tapé con el sarape mexicano que hace mil años me regaló Rosita Fornés. Te he contado. Encendí la televisión. Desperté pasada ya la medianoche al escuchar las notas del Himno Nacional, cierre de las trasmisiones. El sarape estaba perfectamente doblado sobre el sofá. Calzando la manta, Lino había dejado mi edición príncipe de *Dos viejos pánicos*. Vaya detalle.

Lino es una intriga. No encaja en ninguna de las categorías más contagiosas de "lo cubano". Tipógrafo de profesión, nunca ha sido patriotero ni machista ni tumbador ni bailarín ni abakuá ni pelotero ni tira-tiros ni chismoso ni imprudente ni borracho ni boxeador ni bromista ni singao ni mira-huecos ni sandunguero ni come-candela ni pajarito ni bugarrón ni mujeriego. Me cae bien porque me cae bien. Deja el complejo y la mala idea. Una buena cara nunca miente. Prometió que volvería y así hizo. Por cierto, te estuvimos esperando para la comida. Lino es tímido, callado. Tengo la impresión de que nos conocemos desde niños. Parece que recordara lo que le estoy contando. ¿Curioso, no? Estuvimos escuchando discos de Carlos Gardel. No es miembro del club Sinatra. Sabe un mundo de tangos. En la conversación, nos dimos cuenta de que debimos habernos encontrado antes, porque compartimos amistades comunes. Rosa Rosales, por ejemplo. Guapa, pecadora, alguien me dijo que se marchó del país cuando el zafarrancho del Mariel. Por esas cosas de la vida, también conocí a Marujita, la esposa de Lino. Cantaba a veces en el callejón de Hammel. Pobre mujer. Una noche intentó cortarse las venas con un trozo de vidrio y Rosa y yo la llevamos corriendo al hospital de urgencia. Estaba borracha, ahogada en crema de menta. Fue un tajo poco profundo que no llegó a interesar las venas. En el cuerpo de guardia le dieron tres puntos superficiales, y yo convencí a los policías que no levantaran acta: "Cosa de bebederas", dije.

Lino es un tipo del carajo, aunque nadie apostaría un centavo por él. Hay personas que no se parecen a sí mismos. Se encierran en una concha. Yo pensaba: qué pazguato. Pero una vez más me equivoqué. Tiene lo suyo. Camina marcha atrás. Yo le dije: huye hacia delante, Lino. Avanza no retrocedas. Después de la comida, lo invité a rescabuchar a la negra de enfrente, la de pechos como melones. Me falta su ficha técnica en mi libreta. Por lo pronto, a falta de datos, yo la llamo Electra Garrigó. Lino no se atrevía a mirarla. Le daba cosa. Yo le expliqué que a ella le gustaba que la vacilaran, por eso anda siempre en ajustador y blúmer. *La mujer de Antonio camina así... Cuando va al mercado...* La conversación nos llevó de nuevo al tema del exhibicionismo y tuve que reconocer que sí, que yo era un consumado, pero pacífico *voyeur*, algo común entre actores y actrices, pues al encarar un personaje, sobrino, de alguien uno tiene que aprender.

Lino ha vivido toda la vida en la misma casa. ¡Qué pavor: tres cuartos de siglo bajo el mismo pedazo de techo, viendo la misma concha de la lámpara, el mismo arabesco de cal, la misma tela que hoy teje una araña, hija de las arañas de los araños de las arañas de tu niñez! Qué disparate. Hay que mudarse, sobrino, cambiar de espacio, cambiar de piel. Ponerse otro pellejo sobre la carne. Disfrazarse de alguien mejor o peor, no importa con tal de que sea diferente el ropaje y el pasado. De niño aprendí que cualquier palacio debe ser primero la abstracción de un ladrillo. Ésa es la cosa: cada ladrillo se moldea con barro y en tierra o barro nos convertimos todos. ¿Sabes cuántos muertos hay en un ladrillo? ¿En qué tabique de adobe descansan los polvos de mis padres? ¿Dónde se perpetuarán mis cenizas cuando yo me sume a la corteza de la Tierra? Sin embargo, hay algo que ya nunca podré realizar, lo reconozco, pues tampoco quiero que pienses que soy un triunfador, un hombre absolutamente realizado: jamás trepé a un avión, Ismael. Jamás salí de Cuba. Me quedé con el deseo de conocer el Líbano de Abdul, el París de Pierre Mérimée, la Bruselas de la Bruhl. ¿Recuerdas? Te lo comenté alguna vez: la Bruhl tenía ascendencia belga. Caray, ya será en mi próxima reencarnación. Siento fatiga pero estoy sereno.

—¿Te sientes mal, tío?

—¡Fuera, tristeza! *La mujer de Antonio camina así...*

Ese viernes 31 de octubre, como cada mañana después de tirar a la basura el culero de periódicos con que protegía la colchoneta, y antes de echarse encima un cubo de agua, Lino debió tomar una decisión que no por repetida dejaba de resultar angustiosa: o elegía la camisa azul o elegía la verde, pues se había propuesto que la guayabera cremita, tercera prenda presentable, luciese como nueva la fecha de sus funerales. Mientras llegaba el momento sólo se atrevía a ponérsela domingos alternos y evitar así que se gastara en compromisos mundanos. Esa precaución, que pudiera parecer en extremo anticipada, presidía su catálogo de obsesiones. Los domingos que sí, se iba a pasear bajo los portales de sombras frías de Infanta y se ocupaba en recoger papeles y cartones que luego depositaba en los cestos de basura, refunfuñando entre dientes como si a nadie más le interesase que la porquería fuera invadiendo la ciudad, ripio a ripio. Los domingos que Lino no ("los nones", decía) se ponía la guayabera cremita y también daba la ronda, sólo que en horas de la noche, cuando los gatos son pardos y nadie se fija en la facha de los ancianos fantasmales.

Totó, ya un venteañero robusto y fortachón, se le colgaba del brazo y exigía que lo llevara a sus excursiones. Recorrían calles poco transitadas, San Francisco, Valle, Oquendo, Basarrate, Concordia, Soledad. El bobo tocaba su corneta: tres notas, siempre iguales. Lino decía que debajo del asfalto quedaban semillas de huesos, fémures olvidados por los desenterradores que cerraron el antiguo cementerio de Espada, el primero que tuvo de la ciudad antes de que mudaran las osamentas al nuevo camposanto, el de Colón, el de Maruja. Totó se pegaba en la cabeza. Lino conocía el barrio como la palma de su mano. Podía recorrerlo con los ojos vendados, saltando sin equivocarse los baches de la acera. Le gustaba ver aquellos edificios republicanos que conservaban una terca hidalguía arquitectónica, aunque se fueran descascarando entre la pared del mar y la espada de la pobreza.

—Las ventanas se caen como tus dientes, Totó —comentaba Lino.

Había vivido en Centro Habana desde su séptimo cumpleaños, y allí murieron sus padres en dos octubres sucesivos. En esos recovecos urbanos también habían desaparecido otros Linos, Lino chico, Lino triste, Lino amigo, Lino joven, Lino novio, Lino terco, Lino débil, Lino amargo, Lino flojo, Lino raro, Lino adulto, Lino dócil, Lino viudo, y todos ellos habían reencarnado en ese andarín vacilante, eterno y rancio que recorría el pasado como un desertor del cementerio de Espada.

Un par de veces, Lino y Totó cruzaron por error frente al café Buenos Aires, en la esquina de Concordia y Aramburo, pero el viejo siempre apartaba la vista para defenderse de la melancolía. Evitaba pasar por allí desde que Rosa Rosales abandonó la isla sin despedirse. Corrieron diez o doce años de silencio, cuando en agosto de 1994 Lino recibió una postal fechada en Miami. Al dorso se leía este escueto mensaje: "Acá tienes una amiga. ¿Quieres venir? Cuenta conmigo. Anímate. Ha abierto un nuevo café: el Río de la Plata. Te extraña, RR". Lino nunca contestó. Hizo el intento, pero no puso el sobre en el correo. El primer borrador lo había escrito con tanta desmesura que él mismo se sorprendió al releer lo que le dictaba su soledad, siempre mala consejera; tras cada nueva intentona, fue bajando el tono de las confesiones hasta que el texto quedó chato de pasión y tampoco se reconoció en esos párrafos desteñidos. Dio la callada por respuesta. Sabía que si algo odiaba Rosa Rosales era la falsedad.

La última tarde que Lino sacó a estirar las piernas a Totó, antes de que su vida cambiara aquel viernes 31 de octubre, el paseo se extendió más que de costumbre y llegaron por la inercia del aburrimiento hasta el Castillo de La Punta, guardián de la bahía, donde a orillas del malecón inicia o termina el Paseo del Prado. En la húmeda densidad del aire se podía respirar la inminencia del aguacero. El mar se contoneaba, se mecía. El faro del Morro encendió la lámpara de su ojo. El estallido de una ola repentina no dejó lugar a dudas, llovería, y llovería sin misericordia, así que contra el deseo del bobo, traviesamente ilusionado ante las amenazas del temporal, Lino decidió alejarse de la costa, ciudad adentro, donde siempre tendrían a mano el refugio de un portal. *Horita va a llover, horita va a llover, y el que no tenga paraguas... el agua lo va a coger*, canturreaba sin afinación alguna, quizá con el propósito de consolar a Totó con un nuevo pasatiempo: bailar y cantar en medio de la gente. Desde hacía años, y por voluntad propia, no repetía la ruta ceremonial que tantas noches de amor o desamor recorrió junto a Maruja (los leones del Prado, el cine Negrete, el hotel Sevilla), pero supuso que la presencia de Totó restaría dramatismo al recorrido. Y así fue, porque durante el vía crucis fue narrándole en voz alta una versión idílica de su vida, una historia desprovista de tribulaciones que enfatizaba los momentos felices o armoniosos que "sus abuelos" disfrutaron juntos, cuando ambos tenían la inocente edad del bobo. Contó de las películas que ellos vieron de jóvenes en la pantalla del Negrete, en especial una interpretada por Hugo del Carril, y de lo maravillosa que les resultó la noche de bodas y la luna de miel, encerrados en una habitación del hotel, "la más lujosa", sin medir el vocabulario a la hora de confesar falsos momentos de gran intensidad sexual, pues tenía de su parte el ingenuo corazón de Totó, para quien nada o poco significaba que, supuestamente, Maruja lo hubiera cabalgado doce horas seguidas entre los relinchos de orgasmos sucesivos. El muchacho estaba encandilado con los relámpagos que detonaban encajes de fuego sobre su cabeza. Las mentiras del linotipista les alcanzaron para llegar risueños hasta la esquina de Trocadero, la calle donde vivió y murió Lezama Lima, el amado poeta que un día bautizó a Lino con el merecidísimo apodo de El Mago. "Dios lo guarde, Maestro", dijo al pasar frente a la casa del escritor: "Nunca le di las gracias: ya habrá tiempo, pronto". Al término de la caminata, sobre el asfalto de Infanta, cuando comenzaban a caer las primeras gotas de lluvia y el cielo había descendido tanto que podía tocarse con la yema de los dedos y los vecinos arrancaban las ropas de las tendederas, en los balcones floridos, y todas las ambulancias de La Habana parecían haberse puesto de acuerdo para aullar al unísono un idéntico alarido entre los chiflos del viento, Totó subió a Lino a la montura de sus hombros, cerró un candado de manos sobre las pantorrillas del jinete y echó a trotar con torpeza de oso por el centro de la calle desierta.

—¡Arre, Totó! —chillaba el viejo, aferrado a la quijada de su corcel mongol.

Sábado 8 de noviembre, 2003. Te oigo lejos, Lino. Habla fuerte. Estoy medio sordo, chico. Envejecer es una porquería. En el mejor de los casos, sólo sirve para acumular recuerdos. Abdul Simbel dice que lo peor de la vida es que no se acaba nunca. A medida que me momifico, se me va descongelando el glaciar del pasado y en el fondo de mis ojos se aclaran visiones tan realistas que llegan a asustarme. Porque dime tú, querido amigo, de qué sirve acordarse a los setenta años de la camisa que preferías a los siete. De nada. ¡Qué angustiante resucitar la cara de un compañerito de tercer grado, el bizco o el miope o aquel de orejas grandes, y pasarte la noche en vela tratando de encontrarle el nombre a ese rostro que debería de estar sepultado en los panteones del olvido! Podrás acordarte de que jugaban a la pelota en el terraplén, de que le envidiabas su acordeón, de que un mediodía te compartió un helado, pero hasta que no lo llames por su nombre, el bizco o el miope o el de orejas grandes no volverá a borrarse de tu pánico. ¿Acaso vale un pepino la estupidez de evocar la humedad de cierto muro, el cacareo de esa gallina engrifada que una tarde te picó el tobillo porque su instinto le decía que ibas a agredir a sus polluelos? No, Lino, el viejo Abdul Simbel tenía razón. Su libanesa razón. Y yo la mía.

¿Las cosas cambian de acuerdo al cristal con que se mira? Según Ismael, mi problema es de identidad. Pienso que todo hombre tiene derecho a ser quien desee. Si tú me cuentas que fuiste maromero en el circo Cinco Estrellas y te quebraste el esqueleto al cruzar la cuerda floja sin redes de protección, te lo creo. Qué gano si desconfío. Pierdo un amigo. Tendrás que torcer un poco la columna, cojear del pie izquierdo si deseas conseguir un efecto realista. "Ser consecuente". Tal es el lema de los mentirosos. O de los solitarios. O de los aburridos. Équelecua.

—Una amiga me dijo esa frase: lo peor de la vida es que no se acaba nunca —dijo Lino.

—¿De veras? Tal vez conociera a Abdul.

Lino, no te he hablado de Ismael, ¿verdad? Es mi razón de ser. Lo adoro. Te cuento antes de que reaparezca por esa puerta. No le gusta que hable de él. Pues bien, Ismaelito estudiaba Literatura en el Instituto Pedagógico, de bronca en bronca porque es muy preguntón y en este país no resulta estratégico decir que uno duda: aquí todo está, o debiera estar, clarito como el agua. Un mal día dejó la carrera y se puso a mataperrear por ahí. Ya tú sabes: deseaba encontrar sus propias respuestas. Conflictivo el niño. Dormía donde lo encontrara la noche, en casa de amigos, en los jardines del parque Almendares, en la terminal de Ómnibus. A la crisis de sus estudios se sumó la incomprensión de mi hermana Gabriela. Su madre odia al sistema solar, planeta por planeta y satélite tras satélite. Después de una infancia feliz, le tocó en suerte una adolescencia endiablada y una juventud que no deseo ni a mi peor enemigo. La desesperación le condujo al foso de los fundamentalismos. Hace unos diez años recaló en un templo de la secta clandestina Testigos de la Luz de Dios, donde le enseñaron que el odio es una forma embrionaria pero inversa del amor ("el mal de un fruto comienza en la raíz"). Ella malentendió el mensaje, de por sí confuso, y concentró su odio en las dos personas que más quería y que más la querían entre cielo y tierra: Ismaelito y yo. De un plumazo, nos borró del mapa de sus afectos. Una mañana de abril de 1996 encontré a mi sobrino dormido en el zaguán de este edificio. Temblaba. Lo traje a vivir a casa. Y lo mandé a la ducha. Ese día le cociné una olla de frijoles negros. Al ver la sequedad de sus labios, acompañé el humeante plato con una jarra de champola ansiosamente fría. Barriga llena, corazón contento. Entre los dos abrimos espacio en el segundo cuarto para que cupiera una cama y una mesilla de noche con una lámpara, y allí pasó la primera noche. Ismael durmió diecinueve horas seguidas. Cuando Gabriela supo de nuestra alianza, por boca de su hijo, nos mandó al infierno. Nunca más hemos vuelto a saber de ella. Ismael me preguntó: "¿Por qué me odia?". Y yo le respondí: "Porque se odia". Ismael es un Antúnez de pies a cabeza. Perdí la cuenta de sus novias. La nueva se llama Sofía. La muchacha vive con su madre en Párraga, o lo que es lo mismo, donde el diablo dio las tres voces. Amo a mi sobrino. Me ama. Hoy por hoy no cuento con muchos amigos. Quedaban cuatro cáncamos por ahí, pero los esquivo, Lino, los pongo en cuarentena. Si los veo venir por la acera, yo me escudo tras el periódico, como si me interesaran las noticias de la guerra en Irak. Por eso cambio de identidad. Es divertido. Así resuelvo muchos líos personales. No me canso de decirle a Ismael: si no encuentras una solución a un problema, entiérralo. Échale tierra. Aprende de los avestruces. ¿De verdad? No me mientas. ¿Leíste mi cuaderno? Qué susto, mi socio. Sí, le arranqué una página. ¿La 46? Debe de ser, si tú lo dices. La 46. Ahí contaba la historia de una habanera que nunca me hizo caso. No, no era del barrio. ¿Estás ahí? Lino, ¿estás ahí? Lino. Lino. ¡Vaya, caray! Por eso no me gusta hablar por teléfono.

Lino lo decía a su manera: hay puertas que no debes abrir, y no por miedo a lo desconocido, sino por todo lo contrario. Había arribado a semejante conclusión a una edad en la que ciertas verdades sirven de poco, ya que la muerte, aun si se tarda, jamás viene averiguando lo que aprendimos de la vida. De un tiempo a esta parte le aquejaba una calamidad que sólo los irresponsables pueden asumir sin complejo: incontinencia urinaria. En la intimidad se reprochaba no haber muerto alguna de las muchas veces que estuvo cerca a lo largo de un siglo insoportable y austero. Debió de morir de melancolía cuando enterró a Maruja en esa tumba que ya no lograba localizar en el laberinto del cementerio. Al cabo de varias defunciones familiares había terminado por trocar los sepulcros y no recordaba si su esposa dormía en el panteón de los Sánchez o en el de los Catalá, porque uno de los dos se había repletado con las casi trescientas libras de Tony Chávez, el gigante de los canelones, quien en 1989 no logró sobrepasar un segundo infarto y murió mientras afilaba un cuchillo en la cocina del restaurante Los Andes. Mas la vida no siempre es justa con los justos y en ocasiones impone condenas brutales, entre ellas la eternidad.

El único esfínter que se le había descompuesto era el de la vejiga. Hubiera preferido un accidente fulminante, un derrame en el cerebelo o una embolia estomacal, pero pronto entendió qué tan dura podía resultar la mala suerte de tener buena salud. Se secaría poro a poro, sin dientes, torcido, y los suyos sabrían la noticia al percibir por los corredores de la casa, mezclado a los perfumes de la picuala, esa peste a morcilla que evaporan los perros rancios. A las setenta y dos horas, Ofelia o Dolores o el teniente Rogelio Chang o Totó el bobo o los gemelos Vladimir o Valentina encontrarían una pareja de aves de rapiña picoteando las persianas. De ahí su dedicación a la picuala, la graciosa enredadera que trenzaba los tubos del desagüe a la antena del televisor y que, en luna menguante, destilaba en el jardín olores mentolados. Lino dormitaba al filo de la colchoneta, en posición fetal. El pellejo le acartonaba el esqueleto dejando a ras de piel arrugas de pésimo tapizador. Su cuerpo era un mueble, una comadrita desfondada. Así le dijo a Moisés, la tarde que fue a hacerle una consulta médica:

—Moisés, soy una comadrita desfondada. Maruja tenía razón: lo peor de la vida es que no se acaba nunca.

—Estás entero, vecino.

—Entero, pero con goteras.

Un día que Lino se atrevió a burlarse de sus clavículas, comentó a Valentina que debían contratarlo en la cátedra de Anatomía. "Parezco un bicho malo", dijo, y se abrió la camisa para mostrar la osamenta. "Estás más enclenque que Mahatma Gandhi", dijo la muchacha y a él le dio un coletazo de pudor. Conocía menos de su corazón que de sus huesos porque las aurículas bombeaban sin más evidencia de deterioro que unas esporádicas taquicardias, no así las costillas, que le alfileteaban el hígado, y las vértebras que hacían ruidos de bisagra cuando se le trancaba la columna y las punzadas del dolor lo obligaban a morder los bordes de la colchoneta.

—¡De tranca! —exclamó al comprobar que el culero de periódicos había sido insuficiente para represar los riñones.

Lino odiaba los viernes, tanto o más que los sábados y los domingos, porque si fallaba el repartidor de periódicos él se veía en la penosa necesidad de acostarse en el piso sobre una colcha, por temor a que se le salieran chorros de orines mientras dormía. Además, el panal de la casa se abarrotaba los fines de semana con la visita de cuatro zánganos orientales que iban a jugar dominó con "el jefe" Chang y el abejeo de las amiguitas de Valentina, presididas por la abeja reina de Idalmis, la revoltosa novia de Vladimir —a los que se añadía algún que otro cadete de la Academia Militar que llegaba sin previo aviso, confiado en que encontraría silla, plato y cubiertos.

Para aquel viernes 31 de octubre Lino escogió la camisa de guinga, a cuadros blancos. Le faltaba un botón. La tarde anterior un buche de pan y leche había manchado la solapa de la camisa azul y aunque la lavó con esmero, antes de tenderla en la ventana, luego unos vientos repentinos la arrastraron hacia el patio. Llovía sin alarde, en ráfagas oblicuas. El cuarto, al fondo, apenas dejaba unos tres metros de distancia entre la puerta y la retaguardia del edificio aledaño, por lo cual los relámpagos no restallaban en la habitación, eternamente a oscuras. Las cuñas del vendaval, sin embargo, refrescaban el aire que, preso entre cuatro paredes, sabía a vinagre. Esa noche, al igual que muchas, revuelto en la cebolla de la sábana, Lino repetía un sueño que si aceptamos su doble condición de viudo y puritano demostraba la calidad de su imaginación. Caminaba por el pasillo de un hotel de lujo, bajo lámparas de cristal, atravesando puertas y puertas; al abrir la quinta era testigo de una escena en verdad magnánima: a pleno sol, atlética, espléndida, acuática, Esther Williams hacía piruetas en una piscina tan brillante que ni el cielo siendo añil se le igualaba. Lino despertó con hipo. Errático, escuálido, decrépito, tardó un par de siglos en darse cuenta de que no era el héroe de aquel alucine, sino un insecto atrapado en la tela de una araña. No conseguía despegarse de la sábana. Piel y tela se fundían en una baba gelatinosa que mezclaba sudores y orines. Cuando pudo dar tres pasos imprecisos por la diagonal del cuarto, abrió la ventana en busca de aire fresco y encontró la camisa azul hundida en el fango. Hipo. El cristal del charco espejeó el rostro de Rosa Rosales.

Lino y Maruja visitaban la peña del café Buenos Aires al menos un domingo al mes. El tugurio era una cueva que olía a panetela, decorado con una guirnalda de focos rojos, tapices de leones nigerianos y repisas donde se alineaban copas azules y verdes de grueso cristal, según el gusto de la esbelta Rosa Rosales, su propietaria. Maruja había descubierto el sitio a mediados de los años cincuenta, por recomendación de unas amigas, y allí celebraron el segundo aniversario de boda. Por ese entonces, Lino presumía una criolla aunque antigua elegancia: zapatos de charol, polainas, pantalón de filo, saco cruzado y una boina gallega, preferiblemente clara. Desde su inauguración, a la fecha, el café tuvo un inquietante aire de clandestinidad y una fanaticada tan leal que llevaba su propia bebida bajo el brazo, porque la verdadera razón del café era pasarla bien, sin ánimo de lucro. Tal vez por eso resistió las ofensivas de las nacionalizaciones de los años sesenta y las campañas de depuración ideológica que atornillaron en la isla las puertas de la iniciativa privada. Ningún vecino denunció la permanencia de aquella guarida milonguera, ¿qué ganaban con ello si allí no le cobraban un centavo a nadie por soñar, y soñar siempre ha sido un mal negocio? Los parroquianos aceptaban las reglas del juego de la casa, establecidas por escrito tras la puerta principal, en una suerte de hermandad que a ninguno exigía demasiado, ni siquiera saludarse a la llegada o a la salida. Cada cual interpretaba a su buen criterio el principio de no meter la cuchareta si no había sido invitado a comer del pastel, en defensa del derecho a guardar secretos. Rosa ofrecía empanadas de espinaca y croquetitas de harina, perfectamente fritas. "Lo bueno es que tú no distingues entre policías y ladrones", decía Maruja a Rosa, mientras le ablandaba las cutículas en una cacerola de aguas tibias. La Rosales le invitaba a compartir su vaso de ron y, entre sorbos, le contaba detalles de sus romances pasajeros. Se tenían confianza. Carcajeaban parejas.

Lino había tratado de desvanecer en su memoria la noche de agosto de 1958 que las vio bailar un tango de Carlos Gardel, pero dejó trazos reconocibles de la escena, ya que aquel momento fue una de esas contadísimas muestras de independencia o de coraje a la que cualquiera de los dos se había atrevido, y de algo podía servir a la hora de recordarse el uno al otro con admiración. No quedaba ningún parroquiano en el café, y fue la propia Maruja quien eligió el disco, movió las mesas para ensanchar la pista y tomó a su amiga por la cintura con la altanería:

—¿Bailamos? —dijo.

Rosa estaba esperándola, arropada en su mantón de Manila. Aceptó el desafío. Las dos mujeres se enfrascaron en un duelo de miradas machas, desafiantes, al tiempo que trababan las piernas, muslo entre muslos, y se dejaban llevar ya no por la música, sino por el ritmo de las pulsaciones que sintieron en la médula cuando toparon los pechos. No se desenroscaron al terminar la grabación ni al ver cómo sudaban sus cuerpos bajo la lámpara de luz azul que Lino encendió con el claro propósito de romper el hechizo; siguieron trenzándose al melodioso compás del silencio, incorporando a sus temores el encanto de un goce prohibido. Lino dijo a su esposa que era hora. Por un breve segundo, Maruja apartó su mirada de los labios de Rosa y dijo que prefería quedarse. Echó a volar la frase en un arco de palabras, como quien desgrana puñados de oro en polvo al borde de un acantilado. El tono de la voz revelaba una inquietante ecuanimidad.

—Ve tú —dijo.

Lino bajó la vista.

Maruja regresó sus pupilas a la boca de Rosa.

—¿Bailamos? —dijo Maruja.

La calle Aramburo se veía muerta y Concordia lo acercaba a *Pajarito*. Lino eligió el camino de la venganza. Justo en el límite sur del barrio de las putas, al comienzo de la zona de los bares donde el ciego Tejedor cantaba boleros de desamor en cada victrola y los chulos alardeaban de sus autos descapotables y policías y carteristas apostaban al cubilete las billeteras robadas esa noche, una chinita barata le echó el anzuelo a Lino y lo invitó a entrar en la cabina de un camión que estaba por allí, destartalado.

—Es mi primer día —dijo ella, al comenzar a abrirle la portañuela con sus inexpertos dedos.

—También el mío —dijo Lino.

—Perdóname, no tengo otro lugar donde mamarte.

La chinita hizo a gusto su trabajo.

Y Lino se dio un baño, al llegar a casa. Acostado en el sofá de la sala, se propuso recordar las mieles de cerezos orientales que aún empalagaban en su garganta, pero en este mundo escasean los placeres perfectos y nunca segundas partes fueron buenas: apenas comenzaba la chinita a abrir las piernas, y mal que bien se acomodaba en la memoria para dejarse lamer, cuando a Lino le dio un hipo tenaz, insoportable. Dejó de soñar y se entretuvo ojeando una revista. En las páginas centrales, un reportaje fotográfico informaba sobre la visita de Esther Williams, la escultural nadadora que iniciaría por esos días una temporada de ballet acuático en el Hilton Havana. Lino consiguió dormirse al rato, ilusionado por la idea de asistir a la función. El despecho embriaga con más fiereza que el encono. La Williams y la chinita nadaban desnudas en su nuevo sueño y él, entretanto, manejaba un descapotable por el malecón. A media mañana Maruja Sánchez llegó con una bolsa de mandados y, sin complejo de culpa, se puso a escoger el arroz del almuerzo, tras lanzarle a su marido un guiño de ojo que recolocaba la vida en el lugar de costumbre.

Todo volvió a suceder a la distancia de cuarenta y cuatro años, en el espejo de aquel charco que la lluvia había represado al pie de su ventana. Lino revolvió la superficie con la camisa azul, la enfangada, y esperó a que se aquietasen los círculos del falso oleaje. Al reaparecer el reflejo de su rostro en el cristal del agua, supo que tampoco en esta ocasión el recuento de sus pecados le anunciaba la proximidad de la muerte porque el charco le devolvió con claridad la estridente imagen de su cara. "Debo ir por el periódico", pensó. De golpe, se le fue el hipo. De golpe o de milagro.

—¡Gandhi ni Gandhi! —dijo.

Martes 11 de noviembre, 2003. "Hay una noche dentro de la noche", dice Virgilio Piñera. También hay otra patria dentro de la patria, una ciudad dentro de la ciudad, un hombre dentro de cada hombre. La Habana se revela en esos silencios aplomados de los barrios. A muchos de sus habaneros y habaneras se les va la vida en una indiferencia mojigata. No se atreven a violar ni siquiera un límite, Ismael: ellos son los que se sientan en los balcones a ver pasar la paloma de un pecado, el gallo de un guapo, el perro callejero de un insolente, la potranca de una prieta altiva. Yo te digo que duermen en sus camas de sábanas cansadas, en posición fetal y con calcetines. Ni sueños tienen: tampoco de qué arrepentirse. ¡Mala suerte! Toda ciudad acoge una corte de fracasados: seres huecos, presos en el laberinto del barrio, la esquina, el parque de la otra cuadra y, en casa, cuatro paredes de puntal alto, con muchas capas de merengue acartonadas: en la pared del norte, un cisne; en la del sur, dos tigres de bengala; en la del este, la imagen de un patriota, enmarcado en cedro; en la que resta, el panteón de retratos donde un aro de luz recorta las cabezas de los parientes difuntos, bien peinadas. Las rosas de papel en el pomo de mayonesa son nuestras siemprevivas, nuestras siempre muertos. A la bailarina de porcelana le falta la pierna derecha o tres dedos de la mano o la docena de frambuesas que antes, cuando joven, llevaba en un canasto. Por esta calle no ha venido ni de visita la lujuria. Es el reino masturbado de una Cuba que también es Cuba aunque sólo tenga, por encanto, la atracción de ver cómo se mecen levemente los sillones: desde el otro mundo los espíritus repiten la costumbre de balancearse, tric trac, tric trac, hasta quedar dormidos. Los muertos se vuelven a morir, sobrino. La culpa la tiene el calor. Es la sarna de la apatía: la lepra tenaz de la abulia. Todo se deja para mañana. Mañana, mejor mañana. Mañana. Los cubanos nos conformamos con la media mentira que encierra cada media verdad. Cuánto daño nos ha hecho esta manía de cuidar las apariencias. Desde niños nos domesticaron con el consejo de que la ropa sucia en casa. Me duelen las articulaciones. A los machos de este país les aterroriza la ternura, tanto o más que un alacrán o una araña peluda. No soportan sentirse frágiles, lacios. En esta ciudad nadie perdona a nadie: cada cual en su luchita, en su chiquero.

Hombre-hombre no baja al pozo. Hombre-hombre no come corazón ni toma sopa (si no tiene pólvora). Hombre-hombre no llora. Hombre-hombre no tiembla. Hombre-hombre no suda de manos. Hombre-hombre no se baña con esponja. Hombre-hombre no echa para atrás. Hombre-hombre no se arrepiente de nada. Hombre-hombre no se muerde las uñas. Hombre-hombre no le tiene miedo a la cárcel. Hombre-hombre no compra flores ni las recibe. Hombre-hombre no se unta perfume. Hombre-hombre no es chiva. Hombre-hombre no traiciona. Hombre-hombre pega tarros y qué. Hombre-hombre no juega dominó con una jeva. Hombre-hombre se da violín en los dedos de los pies. Hombre-hombre tiene hongos en las patas. Hombre-hombre escupe lejos. Hombre-hombre tiene el rabo grande. Hombre-hombre no lame pirulí. Hombre-hombre no chupa caramelos si no es rompe-quijá. Hombre-hombre no se deja tocar las nalgas por nadie. Hombre-hombre no se deja cabalgar por una hembra. Hombre-hombre siempre va arriba. Hombre-hombre no teme cuando se agacha por un jabón. Hombre-hombre usa camisetas. Hombre-hombre no plancha. Hombre-hombre detesta las ensaladas. Hombre-hombre no usa anillo de compromiso. Hombre-hombre no da la espalda. Hombre-hombre no orina sentado, es más, hombre-hombre no orina, mea. Hombre-hombre no se deja trajinar. Hombre-hombre no ve telenovelas brasileñas. Hombre-hombre no va al ballet ni oye música clásica. Hombre-hombre usa calzoncillos de paticas. Hombre-hombre no duerme con pijama. Hombre-hombre no se confiesa. Hombre-hombre no se arrodilla en una iglesia.

Hombre-hombre no tiene hemorroides. Hombre-hombre no bebe leche fría. Hombre-hombre odia la ginebra. Hombre-hombre no camina en punta de pié. Hombre-hombre no se baña en las piscinas. Hombre-hombre no mira los atardeceres. Hombre-hombre no baila rocanrol. Hombre-hombre no lee ni recita poemas. Hombre-hombre no se tiñe el pelo. Hombre-hombre no compra camisas amarillas. Hombre-hombre no calza mocasines ni lleva medias blancas. Hombre-hombre no se pone desodorante bajo el brazo, sólo bicarbonato de sodio. Hombre-hombre no es simpático ni chistoso. Hombre-hombre no usa aretes. Hombre-hombre eructa. Hombre-hombre sólo brinda por los muertos. Hombre-hombre no perdona a su enemigo. Hombre-hombre odia el parchís. Hombre-hombre hace trampas en el cubilete. Hombre-hombre no pinta monos ni lleva cerquillo. Hombre-hombre no usa gomina. Hombre-hombre se inyecta en el brazo, nunca en las nalgas. Hombre-hombre no sintoniza Radio Enciclopedia Popular. Hombre-hombre tampoco escucha Radio Reloj. Hombre-hombre no juega con los niños. Hombre-hombre camina con aguaje. Hombre-hombre no mira de reojo. Hombre-hombre no tiene cintura. Hombre-hombre no se lava los codos. Hombre-hombre no come huevos duros. Hombre-hombre no se tapa la boca cuando bosteza. Hombre-hombre no permite que se le quemen los frijoles. Hombre-hombre se sacude el rabo doce veces. Hombre-hombre no hace sus maletas. Hombre-hombre no lleva portafolios. Hombre-hombre no come mermeladas. Hombre-hombre no mastica, traga. Hombre-hombre se tatúa sirenas encueradas. Hombre-hombre no guiña un ojo. Hombre-hombre no se acuesta en una hamaca tejida. Hombre-hombre sólo ama a su madre, a la santa, a la pura. Hombre-hombre no se baña bajo la lluvia. Hombre-hombre defiende a su hermana. Hombre-hombre no usa lentes de contacto, tampoco bifocales. Hombre-hombre no es enfermero. Hombre-hombre no es masajista. Hombre-hombre no es siquiatra. Hombre-hombre no es mesero. Hombre-hombre no es aeromozo ni edecán ni sobrecargo. Hombre-hombre no baila solo. Hombre-hombre no se enfanga los zapatos. Hombre-hombre no afeita a otro hombre-hombre. Hombre-hombre come con cuchara. Hombre-hombre usa navaja. Hombre-hombre no tolera las dentaduras postizas. Hombre-hombre lleva diente de oro. Hombre-hombre come bueno y malo porque el que come bueno y malo come dos veces. Hombre-hombre no suspira. Hombre-hombre no se queja. Hombre-hombre es hombre-hombre.

¡Idiotas! ¿Por qué detestan la suavidad de ese sentimiento glorioso que te ablanda el esqueleto, ese temblor agridulce que te eriza la piel y te hace padecer una taquicardia ligerita? Atiéndeme, Ismael. Hablo en serio. Yo sé bien que por muy duros y cabrones que se hagan, cuando están solos, en el baño o en el corral de las gallinas, cuando nadie los mira, muchos de ellos se pajean pensando en una mariposa o en un anochecer o en un paisaje remoto o en aquel jardinero que esa tarde vieron guataquear un cantero de girasoles escandalosos. Y mira que no tengo nada en contra de los pajeros. Los hombres-hombres me dan salpullido. Me irritan. Me irrita esa Cuba epidérmica, obligatoriamente sensual, donde lo único que cuenta es la apariencia, el qué dirán; esa Habana famosa, tentadora que a algunos deslumbra, sin saber que esconde tras las paredes salitrosas un hormiguero de prejuicios e insensateces, el trozo de mierda de un hombre-hombre. No me da pena decirlo. Me salvé a tiempo, cuando era casi un niño. Mi ángel de la guarda es un mendigo, un orate harapiento que me enseñó el valor de la ternura. La sabiduría viste trapos. Hoy hay apagón. Al loco lo arrolló el tren. Esther me regaló su cuerda. Solté la jicotea al saltar del barandal y, pobrecita, debe de haberse reventado contra los travesaños. ¿Qué? ¿Hablo cascaritas de piña? ¿Qué has sabido de Gabriela?

—Que está en paz con Dios.

—Le he dicho que venga a visitarme, que yo no muerdo.

—Ni siquiera responde el teléfono cuando le llamo.

—Desde que se sumó a la secta Testigos de la Luz de Dios está insoportable. Papá le habría entrado a palos.

Los pueblos de tierra adentro atrasan, Ismael. Hace años que no voy por Arroyo Naranjo. Me deprime. Me deprime su estado fantasmagórico, sus casitas sin gracia, su aire mortecino. Iría únicamente a llevarles flores a mis viejos, que están enterrados en el cementerio, cerca del tejar. No me dejes otra vez hablando solo. Qué va, qué va. Salgo a la calle. Me sentaré en el parque, cubriré mi rostro bajo la carpa de mi gorra y no soñaré con Esther Rodenas. No. Hoy soñaré conmigo. Me voy a Bruselas con Elizabeth Bruhl. Ya me cansé de darme con el cubo de Cuba. Ni yo me aguanto. Hay una noche fuera de mi noche. Agarro y me voy.

Vladimir levantaba pesas en el patio. Era un joven de pocas palabras al que parecía no importarle otra cosa en la vida que ejercitar sus músculos. Por influencia del teniente Chang, cursaba estudios de ingeniería en un instituto militar. En casa todos estaban orgullosos de su brillante desempeño académico, pero también preocupados. Vladimir casi nunca llevaba amigos a la casa, y apenas se le conocían dos novias, ninguna especialmente atractiva. Por más que su padre le preguntara sobre el tema, en alguna conversación de sobremesa, el muchacho mantenía un cerco de prudencia sobre sus afectos, sólo conocidos por Valentina, su confesor de cabecera. Esos secretos guardados a calicanto eran motivo de frecuentes discusiones dentro de los márgenes de un campo de batalla dividido en frentes irreconciliables: el bando de los gemelos, hermanados ahora en rescate de la privacidad, y el del teniente Rogelio Chang, un hombre que solía cerrar su corazón tras la coraza de sus principios doctrinales. Dolores, Ofelia y Lino, por no contar a Totó, se mantenían al margen de la polémica, respetuosos de la autoridad paterna, aunque sin duda simpatizaban con los muchachos y así se lo hacían saber a escondidas. Desde que en marzo de 1996 pasó a retiro obligatorio, una orden que acató con resignación y cierta dosis de remordimiento, Rogelio Chang había encauzado su vocación de mando en la comandancia del hogar, una posición estratégica que, a juicio suyo, estaba al garete —en buena medida por su propia culpa—. Por su culpa, Dolores Meléndez se había vuelto una mujer esquiva, taciturna, que solamente se iluminaba de felicidad cuando evocaba ante sus hijos aquellos años en Las Tunas, los mejores y más alegres de su vida. Mentira. Mentiras. “Las Tunas era un cementerio, mujer". Desde el riesgoso parto de los gemelos, ella odiaba el calor y el sudor y las arañas y los cambios del clima y los microbios. Por su culpa, Dolores se lavaba las manos diez veces al día, hipocondriaca, y por su culpa jamás salía al portal cuando él invitaba a sus amigos del regimiento a jugar al dominó. Por su culpa, se dejaba amar con profundo desgano, como alguien que se entrega a su patrón en pago de un servicio prestado. Por su culpa, Valentina había interrumpido los estudios al llegar a la Universidad de La Habana, y trabajaba en una tienda de cosméticos para turistas, un empleo que Chang nunca aprobó porque le concedía a su hija una fortaleza económica que él no podía igualar con las mensualidades de su pensión vitalicia. Valentina lanzaba argumentos demoledores cuando su padre se atrevía a cuestionar su comportamiento: le callaba la boca con un billete de cincuenta dólares. La muy zoqueta no tenía pelos en la lengua. Por su culpa, su hija volvía tarde a casa noche tras noche, a veces con aliento etílico, le daba un beso desabrido (él la esperaba en la sala, atrincherado en el sillón) y se iba a su cuarto sin justificar la tardanza. Para colmo de males, por su culpa también estaba perdiendo a Vladimir, su esperanza, un soldado llamado a merecer las medallas de una gloria que él nunca consiguió, a pesar del esfuerzo descomunal que hizo por eslabonar una sólida cadena de servicios, ante los mandos superiores. Por su culpa, por su grandísima culpa.

—Buenos días, Vladimir —dijo Lino.

—Qué tal, Lino. ¿Te desperté?

—No, muchacho. Duermo poco. ¿Cómo está Idalmis?

—Bien, tío, bien.

—A ver cuándo me haces abuelo. Estuvo lloviendo mucho, ¿verdad?

—Sí.

—¿Has visto a Totó?

—No.

—Gracias.

—¿De qué, tío?

—De nada, olvídalo.

—Okei.

Voluntarioso como su padre, Vladimir había heredado el hálito de tristeza que envolvía a Dolores; esa mezcla de caracteres tan contrapuestos, al menos en apariencia, despertaba en Lino un cariño especial, casi lástima, pues suponía que el joven se debatía entre las obligaciones de un estricto código de conducta, viril, machista incluso, y las licencias de una espiritualidad más suave y silenciosa. De niño, Vladimir había estado cerca de Lino, quien cada sábado lo llevaba, en compañía de Valentina y Totó, a las terrazas de la heladería Coppelia a tomar *tres gracias* de chocolate, fresa y vainilla, o al cine Pionero, donde proyectaban películas para niños. Antes de dormir, pasadas las nueve de la noche, les leía cuentos de Dora Alonso. Pronto, en plena pubertad, Valentina buscó su camino sin pedir consejos a nadie, a las tontas y a las locas, quizás a la espera de encontrar por sí sola el glamoroso mundo con el que soñaba. A medida que ella y su hermano establecían sus límites, el bobo se pegaba más al viejo. Tal y como había anunciado su padre, Totó siempre tendría a lo sumo siete años, su eterna edad mental, aunque el cuerpo donde residía su inocencia siguiera desarrollándose hasta alcanzar una inútil plenitud. Sin embargo, pensaba Lino, algo debió de haberle sucedido a Vladimir al adentrarse en los círculos de la adolescencia, un episodio íntimo, clandestino, que quebró la relación de manera tan profunda que ambos acabaron distanciándose sin que ninguno de los dos intentara después un acercamiento afectuoso, más allá de la elemental cortesía y las normas de convivencia que el teniente Chang intentó establecer a la fuerza para retomar el mando de un núcleo familiar a la deriva donde coexistían, bajo un mismo techo, una viuda joven, un bobo impresentable, dos muchachos problemáticos, una mujer taciturna, un oficial sin tropa y un viejo que no servía para nada.

—¿Sabes qué hora es? —le preguntó Lino a Vladimir—. Creo que se me pegaron las sábanas. El día está raro, ¿no?

—Como las diez —dijo el muchacho y puso dos argollas en la barra de acero. La única pasión de Vladimir era levantar pesas en el patio.

Lino cerró la ventana.

—¿Estás ahí, abuelo? —oyó decir a Ofelia.

Lino sonrió. Si su sobrina quería un favor, siempre le llamaba abuelo. Guardó los periódicos bajo el camastro.

—No entres, hija.

—No, no voy a entrar.

Totó pasó tocando la corneta: tres notas, siempre iguales.

—¿Qué te dije? Que iba a llover como anteanoche, ¿no? Estuvo diluviando desde las diez hasta las cinco de la mañana. Por tu madre, el barrio es un pantano —dijo Ofelia.

—¿Se tupieron las alcantarillas?

—Se tupieron.

Lino se rascó las axilas. En las uñas, aserrín de golondrinos.

—Ofelia, ¿qué hora es? Vladimir dice que casi las diez...

—La hora de buscar el *Granma*. ¿Te llevas a Totó?

—Sin la corneta.

—Con la corneta. Y apúrate, abuelo. Se te hizo tarde.

Lino escuchó reír a su sobrina.

—Hoy no serás el primero.

—Okei —dijo Lino.

Vladimir hizo una mueca cómica.

Lunes 17 de noviembre, 2003. Todos olvidamos nuestro papel. Hoy debería abotonarme la piel de Eduardo Sanpedro. Aquí está lo que buscaba. Página 41. Qué primor. Nombre: Rafaela. Apellidos: Tomey de la Fuente. Apodo: Mamita (personal). Edad: 39 años (en 1987). Teléfono: s/n. Señas Particulares: Caliente y sin prejuicios; le gusta conducir las acciones en algún momento de la templeta, pero al final acepta el dominio del varón de manera espontánea y gozosa. Oficio y/o Habilidades: Secretaria del subdirector administrativo del hospital Manuel Fajardo. Tremenda loca en la cama. Juega bastante bien al dominó. Parentela: Habla a menudo de una prima hermana que fue Estrella del Carnaval de Holguín en 1967, tiene un gato blanco, vive sola. Última Dirección Conocida: Aramburo 126, pasaje interior, # 9, puerta del fondo. Primer Encuentro: La Plaza, Primero de mayo de 1987, bajo un sol a plomo. Día Internacional del Trabajo. Nos vimos en el kiosco del Sindicato de la Construcción, donde repartían las maltas más frías. Ella llevaba la blusa empapada de sudor. Último Encuentro: en mi casa, septiembre de 1987, una larga noche de lluvia y granizo. Estuvimos escuchando un disco de Bola de Nieve. Amante Inicial: Doctor Eduardo Sanpedro, para ella viudo y con tres hijos de 11, 9 y 2 años. Estado o Deterioro Actual de la Relación: Me Quiere (¿?). No lo sé. Observaciones Finales: Recordar que padece de cosquillas y que es admiradora de bolerista Ñico Membiela. ¡Se me hace la boca agua! Dos mil tres menos mil ochocientos ochenta y siete son dieciséis. Treinta y nueve más dieciséis suman cincuenta y cinco. ¡Buena edad!

Todas las aletas de todas las narices azotan el aire buscando una flor invisible; la noche se pone a moler millares de pétalos, la noche se cruza de paralelos y meridianos de olor, los cuerpos se encuentran en el olor... La noche es un mango, es una piña, es un jazmín, la noche es un árbol frente a otro árbol sin mover sus ramas, la noche es un insulto perfumado... ¡Ah!, Virgilio, tan flaco y tan sabio... Enciendo un cigarro *Popular* sin filtro. Hablo conmigo mismo a través de Eduardo Sanpedro. Dejaré que el fósforo me queme los dedos y luego lo lanzaré al vacío. Eso haré, eso hago. Imagino la caída. Espero un estrépito. Silencio. La picadura sabe a madera. Quema mal. Chisporretea. He llevado una silla hasta el balcón. Nadie me llama para ofrecerme un trabajo. La última vez, hice de público en una mesa redonda donde se debatía la peligrosidad de *La globalización de las economías emergentes del Tercer Mundo*, y me quedé dormido en el estudio cuando hablaban de los talibanes y el derribo de las Torres Gemelas de Nueva York. Me suspendieron el contrato. No tengo un peso. Ladran los perros. Ladran lejos. Lala, Lola y Lula ratean en la pared de la cocina.

¿Quién me extraña que no seas tú, Arístides Antúnez? Estoy convencido de que los muebles ven. Tienen ojos los sillones de la sala y las mesitas del cuarto, el refrigerador y la taza del baño, las paredes del comedor y los mosaicos del piso, el sofá y el barandal de la escalera. Me espían las dos Gitanas Tropicales de Víctor Manuel, la Flora de René Portocarrero, el cuadrito de Mijares. Me ven mis fotos. Me veo en ellas. ¡Dónde están los muchachos, O'Donnel, Simbel, Elizabeth, Mérimée! Tengo ganas de irme echando, de desaparecer del mapa. He soñado mi muerte varias veces. La vecina de enfrente se desnuda para mí y con un temblor de dedos me reclama que vuele hacia ella, tentadora. Cuando alargo la mano, mis pies se despegan del suelo. Levito. Me elevo. Planeo sobre los techos de La Habana, sentado como un fakir en una alfombra invisible. Arístides Antúnez, hijo de José Ismael y de Gabriela, dime que ese zumbido que escucho no es el del tren de las 4 y 30, dime que estoy vivo, que soy un duro, un perfecto canalla, dímelo, anda, *bésame, bésame mucho, como si fuera esta noche la última vez.* Mejor me fumo otro cigarro. Soplo el fósforo. Lo entierro en la maceta. Busco un paño y comienzo a limpiar la figurita de porcelana del estante. Duro. Limpio el cristal de las fotos. Los floreros, limpio. Limpio el último descanso de mi escalera. Limpio la puerta de hierro, el sillón y mi librero. Sé que va a comenzar la función. Tengo que presenciar mi obra. Yo soy el autor.

Larry ya está en escena. Busca un disco de Angelito Díaz, lo coloca en el viejo RCA Víctor y canta a dúo *Rosa mustia*. Sabe que pronto empezará la terrible fiesta de su soledad. Abraza la escoba, indefenso. Van llegando. Los veo venir. El ingeniero O'Donnel saca a bailar a Elizabeth Bruhl. Se queja de artritis. Las piernas no le responden. Se ve usada la Elizabeth, más marchita que esa rosa que traba en el escote. Es un baile patético. Abdul Simbel le cuenta a Pierre Mérimée de los últimos naufragios de su naviera libanesa: ha perdido cuatro mercantes en el ciclón de Jamaica. Abdul Simbel gatea en círculo, por el piso. Abdul se va reduciendo, consumiendo. Y Pierre Mérimée se calienta las manos en el fogón de la cocina. Grita que tiene hambre. Pide pan. Te dije que no hay pan, dice Elizabeth Bruhl y se desploma.

Eduardo Sanpedro llora en el sofá. Plácido Gutiérrez le ofrece una taza de tilo. Anda encuero. Cojea. El neurocirujano es un hombre de ceniza. Sobre su hombro, una lagartija saca un pañuelo de lunares y lo desempolva suave. Este ron sabe a matarratas. Bebo. Está escrito que debo beber. Beber hasta matarme. Virgilio habla desde mi garganta: *Todo el mundo ha olvidado su papel: ¡qué alegría no representar esta noche! El público protesta y comienza el coito de las sirenas...* ¿Cómo sigue? *Necesito el amor, las toallas, los monumentos. Un pulpo suelta su tinta y se pone a llorar.* Dejo a mis otros yo en la sala, regreso al balcón y le grito a la luna que está gorda. El eco borra la escena como soplo divino. Ya me puse cursi. Mal día. Mañana iré a ver a Rafaela. ¿Llamo a la profesora Ruiz? ¿A La Jabá? ¡Bárbara! Julieta y Mercedes Huesitos llevan ventaja porque viven cerca. Pobre Huesitos: siempre fue la última carta de mi baraja. Le pediré a Lino que me acompañe.

—¿Eres tú, Ismael?

—Hola. Oye, tío, allá afuera, está Sofía, mi novia.

—Te preparé una champola espesa, lujuriosa como semen de gorrión. ¿Prefieres un trago?

—Le da pena entrar. Y me da pena que tenga que ir hasta Párraga.

—*La noche es un mango, es una piña, es un jazmín, la noche es un árbol frente a otro árbol sin mover sus ramas...*

—¿Dejas que Sofía se quede esta noche a dormir conmigo?

—Contigo y conmigo, si no le alcanzas... Te alimentas mal y eso se paga en la cama...

—Cierra el pico... Mira que va a oírte... Está en la escalera...

—Que me oigan: en esta vida todo tiene un límite y un precio, hasta el desamor. Lola, Lala, Lula, ¡viejas ratonas! *¿Mañana será otro día, Tota? Sí, Tabo, otro día, otro día más... Y otra noche más... Y otra noche más... Y otra noche más y otro día más... Y otro día más y otra noche más... Y cuando Tabo dice "otro día más" el telón empezará a cerrarse muy lentamente. La noche es un insulto perfumado...* Pídele a Sofía que se quede a vivir contigo para siempre. No le dejes ir. Amárrala a la pata de la cama. Toma mi cinto: amenázala si intenta dejarte. Pégale.

—Vete para el cuarto. No quiero que Sofía te vea así.

—Voy a llamar a Elena Ruiz. Hola, profesora, soy yo, el doctor Sanpedro... El telón, Ismael, cierra el telón...

—Dale, tío, deja la muela y desaparece. Hueles a alcohol de reverbero.

—¡Bah!... *La mujer de Antonio camina así... Arrivederchi, Roma...* ¡Sofía, Sofía, Sofía, a quién se le ocurre vivir en Párraga! Estoy borracho. Muy.

Todos olvidamos nuestro papel.

Esa mañana, en la cola del periódico, Lino Catalá tuvo que marcar detrás de un viejo alardoso y parlanchín que blasfemaba en voz alta sobre los burócratas municipales, a quienes calificaba de ineptos porque no habían destupido a tiempo los tragantes callejeros. Nadie prestaba atención a su monólogo, por lo demás bien articulado. "¿Usted es el último?", preguntó Lino. Lo había visto en el vecindario, allá por el callejón de Hammel o en el vestíbulo de la emisora Radio Progreso, siempre con una colilla de cigarro en la boca. Resultaba un sujeto inconfundible, un zángano extravagante que debió de sobrevivir a la hecatombe de su colmena y, con ínfulas de abejorro, volaba por la zona buscando el refugio de un nuevo panal o la compañía de una destronada abeja reina. Traía los pantalones sujetos a unos tirantes fosforescentes que colgaban por encima de un pulóver amarillo, y parecía no tenerle miedo al ridículo de llevar una gorrita de pelotero que en algún torneo remoto pudo haber cumplido una función honorable, pero que esa mañana se veía igual a las cachuchas que ciertos espantapájaros llevan en sus cabezas de trapo. No hacía ruido al arrastrar los pies porque calzaba alpargatas de lona. "Huele a alcohol", pensó Lino.

—¿Usted es el último?

—Sí, Mago, yo soy el último pero qué más da. Se acabó el *Granma* —dijo el viejo de los tirantes y dio dos palmadas sin ton ni son—. Me llamo Larry Po.

—¿Me conoces? —dijo Lino, sorprendido.

Larry no respondió. Acababa de ver un puchero de terror en la cara del bobo, asustado quizá por la vehemencia con la que él arremetía contra los desagües y las inundaciones de la ciudad. Entonces le arrebató la corneta de las manos y comenzó a tocar como una foca hasta arrancarle al instrumento un par de bombazos acatarrados y tristes, demasiado tristes para un día que despuntaba radiante después del aguacero caído la noche anterior. Alzaba las rodillas en exagerada danza, dando saltos de canguro, y desorbitaba los ojos hasta el límite de los párpados para conseguir así una meritoria estampa de bufón. En un giro de la coreografía, la alpargata del pie derecho fue a dar contra los cristales del puesto de periódicos; la del izquierdo, también disparada por la fuerza centrífuga de los movimientos, se estancó de rebote en un charco de la acera. Totó reía. Silente.

Lino observaba a su sobrino preferido, temiendo una reacción que en su caso podía ser violenta: su rostro mongólico, maltratado por los salpullidos y los furúnculos de grasa, se iluminaba de candor. El muchacho tenía los dientes careados, la nariz tupida, caspa en el cabello de cepillo. A los pocos segundos de cornetazos, el concertista desinfló los pulmones en una nota hueca, gutural, e hizo una reverencia, a la espera de una merecida ovación. Había congelado su cuerpo en una postura rígida. Sólo los destellos de sus ojos vivarachos daban indicio de que no era una estatua de papel maché.

—Soy Larry... —dijo con voz de ventrílocuo—: Larry Po, actor dramático, televisivo y radial, para servirles: también empresario naviero, cirujano, ingeniero de caminos, acuarelista... Y sí, Lino, te conozco, aunque nunca nos han presentado. Eres el viudo de Marujita Sánchez, la cantante de filin —dijo Larry.

Lino zarandeó la cabeza.

—Qué lindo cantaba tu mujer, mi socio... Tenía una voz privilegiada... Lástima que fumara como una chimenea...

Larry apoyó su mano en el hombro de Totó y dejó de hacer monerías:

—¿Sabes, muchachón? Tengo un tambor. ¡Parapán, pan pan!... —dijo. Miró a Totó—: En serio. Un tambor rojo, bien tensado. Y es tuyo. Te lo regalo. Vamos a por él.

—¡Parapán, pan pan, parapán pan pan! —repitió Totó.

—Bobo, por favor, ¿me alcanzas aquella alpargata?

El muchacho comenzó a aplaudir. Le había gustado lo de “bobo”. Lino pensó que aun cuando su sobrino no pudiera razonar las motivaciones de su súbita alegría, era de suponer que en lo más hondo de su purísimo corazón pudo resultarle halagador el hecho de que alguien lo hubiera aceptado tal cual era, y lo llamara bobo, simplemente bobo, sin verse en la piadosa pero cruel obligación de negar una verdad evidente: su retraso mental —o dicho de otro modo, su vigorosa inocencia.

Larry miró a Lino. Le brillaban los ojos.

—Ven —dijo.

Y echó a andar a paso de revista. *La mujer de Antonio camina así... Cuando va al mercado, camina así...*, canturreaba al tiempo que hacía sonar un redoblante invisible. Usaba sus alpargatas de baquetas. Totó se le puso en fila, a un metro de distancia. Al imitar el pasito del viejo, perdía la compostura y daba tumbos de muñeco de cuerda.

—¡Parapán, pan pan, parapán pan pan!

Los improvisados músicos atravesaron Infanta a mitad de cuadra, en una línea transversal de cuarenta y cinco grados en relación con el contén, y de milagro no provocaron un accidente automovilístico, aunque sí sonoros frenazos que dejaron en el aire un penetrante olor a neumático quemado. *Cuando va a la plaza, camina así...* Totó requintaba fuertes caderazos, como acentos corporales sobre la "i" de la palabra "así"... Al saberlos en la acera de enfrente, sanos y salvos, Lino fue tras ellos sin acortar la distancia para que nadie pudiese establecer un vínculo entre él y esos dos locos que iban sumando a la comparsa a cuanto perro mendigo se encontraban en el desfile, igual que el célebre flautista a los ratones de Hammelin, hasta que los vio entrar en un edificio de la calle Jovellar y apuró el trote. De repente, dejaron de oírse los ladridos, los redobles y los cornetazos. Parapán. Cuando Lino Catalá se asomó a la puerta por la que habían desaparecido Larry y Totó, sólo tintineaban los cascabeles de un risoteo contagioso, allá en lo alto de una inclinada escalera de mármol.

INTERMEDIO

(Del "Cuaderno de tapas rojas"*, 1947, diario de Arístides Antúnez reescrito por el propio actor quince años después de ocurridos los sucesos aquí relatados)*

Habrá que convenir que es loco empeño
esto de dibujar tu propio engaño...
VIRGILIO PIÑERA

Jueves 5 de junio
(Beato Fernando de Portugal)

Hoy volví a verla y sonrió. Don Guillermo, su padre, había ido al tejar a encargar unos ladrillos para las obras del asilo masónico. Esther lo acompañaba. Todo el tiempo estuvo del brazo de don Guillermo, pero se las arreglaba para quedarse unas pulgadas detrás y así poderme guiñar el ojo sin que los adultos repararan en nuestros juegos. Ella pisaba sobre los ladrillos rotos del patio, como una niña que cruza un arroyuelo de piedra en piedra para no mojar sus mocasines. Papá prometió llevar los ladrillos a lo más tardar el sábado. Yo le pedí que me dejara acompañarlo: me dio un coscorrón en el coco y tuve la impresión de que él, tan observador siempre, se había dado cuenta de que su hijo estaba enamorado. Esther y su padre se marcharon al rato, en un automóvil negro de gomas blancas. Yo tenía la esperanza de que ella se asomase a la ventanilla trasera, pero no. Ni me miró. De pronto, comenzó a llover con el sol afuera. La tarde seguía luminosa. Me extrañó la ausencia de nubes. Lloviznaba finito. Papá me dijo que el Diablo se estaba casando —y me dieron ganas de ser Satanás—. Me imaginé ante el altar de la iglesia de San Antonio, el día de mi boda con Esther. Papá me rayó otro coscorrón, éste en la mollera abierta. Después escampó. Dormí mal. Uno a uno contaba los segundos que faltaban para el sábado siguiente, y me rendí en el 233, 234, 235... Imaginaba a Esther, claro, pero también pensaba en mí. Y fue rico lo que sentía, ya dormido.

Viernes 6 de junio
(San Marcelino Champagnat)

¡Qué viernes tan largo e inútil! No asistí a la escuela. Sueño con ser actor, y un actor, hasta donde sé, no tiene la obligación de dominar las ecuaciones ni los números quebrados. Además, Esther va a un colegio de monjas, allá por el pueblo de Calabazar. Para que el día corriera rápido fui a explorar la Laguna de las Jicoteas, en los montes traseros del sanatorio mental de San Juan de Dios. A mano limpia capturé una jicotea para regalársela a Esther cuando nos veamos. Luego regresé a casa, dejé la tortuguita en una palangana y me puse a ayudar a papá, que paleaba ladrillos en los hornos. Necesito crecer cuanto antes para poder casarme con Esther. Por cierto, ¿qué estará haciendo ella en este momento? Mamá cocinó una tortilla de papas y chorizo. No la probé por bobo: una hora más tarde tenía tanta hambre que no me dejaba pensar en nada. Cuando desperté, la jicotea se había fugado. Mamá se pasó la noche vomitando.

Sábado 7 de junio
(Mártires Isaac y compañeros)

Llegamos al asilo a media mañana, con el camión repleto de ladrillos. Don Guillermo nos esperaba en la rotonda de la entrada y nos guió a pie hasta el sitio donde debíamos descargar la mercancía. Yo estaba inquieto: Esther no aparecía. El asilo asusta. ¡Tantos viejos dándose sillón en los pasillos! No quiero ponerme viejo. Debe de ser un suplicio. Tengo que sacar a Esther de este sitio. Entonces la vi, en un patio cementado: saltaba una cuerda. ¡Saltaba la Suiza para mí! Poco a poco, con hábil disimulo, llegué a ella. No mencioné la fuga de la jicotea, sólo le propuse ir un día de éstos hasta la laguna que acababa de descubrir en los patios del sanatorio mental. Hablamos un rato. De los ladrillos, de los masones del asilo, de mis sueños de ser actor, de las monjas de su colegio, en especial de una que ella llama Sor Elizabeth. En un arranque de valor, le dije que la amaba. Quise darle un beso. Esther echó a correr con su cuerda al hombro. Eso fue lo que pasó. (Ilegible) Papá me llamó a gritos. Me senté en el asiento delantero del camión, y abandonamos el asilo muy despacio porque por la rotonda caminaba ahora un viejo, arrastrando los zapatos, y no había manera de que nos dejara vía libre. Le seguimos con paciencia. "¿Todo bien?", me preguntó papá. "Todo bien", respondí. "Hijo, eres un cabrón", dijo, y guardó silencio durante el resto del viaje. Por fin logramos adelantarnos al viejo —quien aún tuvo el descaro de sacarme la lengua cuando yo ingenuamente lo saludé de manos al pasar junto a él.

Domingo 8 de junio
(María del Divino Corazón Droste Vischering)

Esther sabe a mandarina. A las 10 y 30 de la mañana de este domingo inolvidable, casi en la puerta de la sacristía, detrás de la iglesia de San Antonio de Padua, le di a Esther un beso en los labios sin darme cuenta de que sus padres andaban cerca. A mi padre no le caen bien los curas. Aunque me bautizó y luego me hizo tomar la primera comunión, nunca exige que vaya a misa. Papá predica con el ejemplo. Si ese día me atreví a entrar en el templo, fue porque yo sabía que la familia de Esther era muy religiosa, cumplidora de los sacramentos, y hasta me embullé a comulgar sin confesarme con tal de estar en fila india detrás de ella, camino al altar donde alguna vez nos casaríamos. El padre Benito, que me conoce desde niño, dudó en ponerme o no la hostia sobre la bandejita de la lengua. En verdad, yo he besado a otras dos muchachas de la escuela y, por comparación, sabía que aquel beso no puede considerarse un beso propiamente dicho, pues nuestros labios apenas se rozaron un par de segundos maravillosos, pero al menos sirvió para unirnos más, aún en la vergüenza: luego de mi atrevimiento, don Guillermo tomó a Esther por la muñeca y la remolcó hasta el coche negro con gomas blancas. Esther apenas oponía resistencia, salvo con los tacones de sus mocasines, que frenaban el arrastre, clavados como cascos de mula en las lozas del parque. Yo no sabía qué hacer. Me escondí. Al fondo de la iglesia, por la callecita de atrás, hay un patio de arena con canales, cachumbambés, tiovivos. Cuando vi que el padre Benito se alejaba en su motoneta, con la sotana remangada, me subí a una hamaca y comencé a columpiarme fuerte. Muy alto. Quería llegar al cielo. Luego dejé que la hamaca se fuera deteniendo despacio, por inercia. Para ese momento, ya había anochecido. Saqué cuentas y calculé que estuve balanceándome un montón de horas. Si algo voy a extrañar cuando sea adulto es eso: mecerme y mecerme en una hamaca. "Sabe a mandarina", me dije.

Martes 10 de junio
(Santa Oliva)

¡Dos días sin verla! Ayer me atreví a acercarme al asilo, pero no me aproximé mucho por miedo a ser descubierto. ¿La habrán castigado? Alguien tocaba unas escalas de piano. De vuelta a casa encontré una nota de mamá: en ella me anunciaba que fue al hospital Aballí, donde le atendería un médico amigo. "En el refrigerador hay un plato de arroz con pollo y una jarra de champola". Papá había olvidado una caja de cigarros en la cocina. Me robé uno. No dejo de pensar en Esther un minuto. Necesito oírla, tocarla. Tal vez le escriba una carta. ¿Cómo se lo hago llegar? Tal vez papá me ayude. Pasado mañana jueves debe transportar un cargamento de ladrillos para los constructores de la cartonera que los Vasallo levantan frente por frente al hogar de los masones. Esta mañana, todos mis amigos de la escuela me miraban raro, como si notaran que muero de amor; ellos no conocen a Esther, pero algo se huelen. Mi mejor amigo, Marcel Sanpedro, me dijo que yo había cambiado mucho en la última semana. Le respondí que me preocupaba la salud de mamá. "No sabes mentir", dijo, y me dieron ganas de enredarme a golpes con él. Le dije que yo no inventaría una historia así, que mi madre se había pasado vomitando el fin de semana. Quería pegarle a alguien. Me contuve. Sanpedro es casi un hermano: él me enseñó a fumar, a pajearme; incluso dejaba que le copiara las respuestas en los exámenes. ¿Qué gano con pelearme con él? A la nochecita volví a merodear el asilo. Las luces estaban apagadas. Bajé hasta el apeadero de Llansó y encendí el cigarro que desde la mañana llevaba en mi bolsillo, envuelto en un pañuelo. Era el tercer cigarro que fumaba en mi vida y esta vez no sentí repugnancia. Apenas tosí. Lo chupé hasta el cabo. Luego me fui caminando sobre las líneas del tren. Erre con erre cigarro, erre con erre barril... Rápido corren los carros... En la estación de Cambó, unos trescientos metros adelante, dormía un mendigo loco, a juzgar por su facha, y pensé que debía haberse escapado de San Juan de Dios. Eché a correr, de viga en viga...

Jueves 12 de junio
(Santo Onofre)

Papá regresó a media mañana, haciendo sonar el fotuto del camión desde lejos, ¡en compañía de Esther! La había encontrado a la salida de la cartonera, donde acababa de descargar un millar de ladrillos. "¿Qué rumbo llevas, muchacha?", dice él que le dijo. Esther subió al camión. "Iba a visitar a su hijo", dice que le dijo ella. Papá y mamá salieron al rato: tenían consulta en el hospital Aballí. Cuando nos quedamos solos busqué en el cuarto de mis padres y encontré media cajetilla de cigarros. Esther me dijo que le llevara a conocer esa laguna de las jicoteas "que yo había descubierto", donde hay tantas ranas y jicoteas. El corazón se me quería salir. Pensé en el loco que andaba suelto por el pueblo. No le conté. Por el camino, Esther me confesó que don Guillermo la castigó duro por lo sucedido el domingo. Ella había conversado sobre el tema con Sor Elizabeth. Temía estar embarazada por culpa de mi beso. La monja le quitó el susto. Esther no me contó mucho de lo que hablaron, pero sí que, al final, Sor Elizabeth le dijo que para nosotros comenzaba una etapa bien linda donde el amor, el amor carnal, sería uno de los dones más preciados que Dios nos concedería hasta el fin de la vida. Le recomendó prudencia y paciencia, porque el Diablo también ronda con las tentaciones del pecado. Podíamos considerarla nuestra aliada. Llegamos a la laguna como al mediodía. (Ilegible)... Nos besamos. (Ilegible) No puedo escribir lo que pasó. (Ilegible)... Prometí que no lo contaría a nadie. Lo único que me atrevo a decir es que nunca me había sentido tan macho. Emprendimos el regreso por la línea del tren: Esther se me montó a caballito sobre los huesos de mi cadera, sujeta a mi cuello, yo trotaba despacio, a marcha de revista, porque quería demorar la cabalgata. Entre el apeadero de Cambó y el de Llansó, los que construyeron la vía tuvieron que calar una loma para alcanzar el nivel correcto, a pico y pala; dos farallones de unos treinta metros de altura cerraban un embudo en forma de V, de manera que en el fondo sólo "cabía" la trompa de la locomotora. El cruce se hacía peligroso porque los caminantes contaban con un margen mínimo de escape. Para colmo de males, por ese brevísimo corral corrían sendos arroyuelos de aguas sucias, presos entre los encumbrados barrancos. A lo que iba: el beso número quince, sin sumar el del domingo, nos lo dimos en los andenes de la estación de Llansó. En apenas cuatro horas de intenso besuqueo habíamos aprendido a mordernos los labios y a ella ya no le daba asco mi lengua, como hasta el beso ocho o nueve. Esther prometió que volveríamos a vernos y se alejó saltarina rumbo a su casa: "Soy pésima para las despedidas", dijo. Justo en el momento en que pasaba el tren de las 4 y 30 decidí fumarme un cigarro, para comenzar a grabar en mi mente lo vivido esa tarde y desechar la terrible posibilidad de olvidar cada detalle. Había aspirado una honda bocanada de humo cuando escuché una voz que decía: "Regálame uno, muchacho". Me volví despacio y vi una mano extendida. El hombre de la mano estaba acostado en el suelo, bien oculto bajo una banca de cemento. El escondite parecía un ataúd al que le hubieran serruchado una pared lateral. Cuando se puso en pie, reconocí al loco. Lo había visto dormido apenas cuarenta y ocho horas antes, envuelto en harapos, y entonces me pareció un viejo enclenque y barbudo. Sin duda me equivoqué: era un hombre joven, quizás unos veinte años mayor que yo, tan repelente como un perro sarnoso pero igual de necesitado de afectos. Le ofrecí un cigarro, que prendió de mi candelilla. El brillo de sus pupilas me hizo perder el miedo. No sé por qué le había entregado tan fácil mi confianza. El mendigo fumaba con pausado deleite, como si nada importara más que disfrutar un instante con un semejante. A medio consumir, apagó el cigarro contra la suela de sus botines sin cordones y lo guardó en una bolsa de yute que colgaba al hombro. "Me llamo Abdul Mérimée. Yo también enloquecí de amor", dijo mirándome a los ojos. ¡Abdul Mérimée nos había estado espiando! Por respuesta, le regalé otro cigarro. No aceptó. "Gracias", dijo, "pero prefiero la ilusión de merecerme un cigarrito si alguien se apiada de mí a la certeza de saber que puedo hacerlo sin nada a cambio. Tampoco soy idiota: guardé una mitad para después". Abdul Mérimée comenzó a mear desde el andén con la evidente intención de lograr que el chorro dibujara un arco perfecto. Yo aproveché la pausa para escapar: el miedo volvía a apoderarse de mi estómago. Me había alejado una docena de metros, cuando Abdul Mérimée me detuvo el paso con su vozarrón: "Muchacho, no te pagué el favor. Es sólo un consejo. Escúchame". Giré sobre mi eje y lo encaré, petrificado. El mendigo se sacudía el rabo a latigazos. "Escúchame. No olvides que tanta belleza puede costar caro", dijo, y desapareció dando alaridos en dirección contraria a la mía. Soltó una frase mientras corría, pero apenas llegó a mí la palabra "pena". No le concedí mucha importancia. Ya en casa, encontré una imagen graciosa: mamá y papá bailaban en el patio, junto a los hornos. En aquel descampado no había más música que el canto de un centenar de grillos. (Ilegible)... Los viejos me sumaron a la comparsa y entre risas y pellizcos me informaron que yo iba a tener un hermano "tan feo como tú". Si el nuevo Antúnez era varón se llamaría Plácido en honor al gran amigo de mi padre (el cojo que tenía un taller de bicicletas allá por los pozos de los manantiales, donde le habían levantado, con ladrillos del tejar, un monumento a la Virgen del Cobre); si era hembra se nombraría Gabriela, como mamá. Gabriela Antúnez suena bien. Papá estaba orondo. Ésa fue la primera noche que lo escuché cantar a voz en cuello, al mejor estilo de su ídolo Frank Sinatra. Quería celebrar la noticia. Descorchó una botella de ron. "Puedes fumar si quieres", me dijo al servirme dos pulgadas de añejo. "Por tu madre, tu hermana o tu hermano, por ti, por mí y por la bella Esther que me cae más bien que el carajo". Chocamos los vasos. Mis viejos conversaban sin darme mucha entrada; dos frases por aquí, un suspiro por allá, me permitieron armar el rompecabezas que podía justificar los excesos de una felicidad perfectamente compartida por ambos: llevaban todos los años de mi edad sin conseguir el milagro de la fecundación, y ahora una criatura de tres centímetros habitaba el vientre de mamá, ajena a lo que sucedía tres centímetros más allá del mar donde flotaba inconsciente. Pececito. Por eso celebraban "haber dado en el blanco" como un par de niños que se hubieran sacado el Premio Gordo. Resultó agradable sumar mi euforia a las suyas. Nunca antes habíamos sido una familia tan chistosa; jamás volvería a repetirse. Mamá trajo a la mesa unas frituritas de malanga. "Están calientes. Sóplenlas. Por cierto, hijo, ¿dónde dejaste a Esther?". La pregunta quedó en el aire. Dormí borracho. Muy.

Viernes 13 de junio
(San Antonio de Padua)

Día del patrono de Arroyo Naranjo. El padre Benito encabezó la procesión que recorría el pueblo. El Santo iba en una campana de cristal sobre la parihuela que cuatro señores cargaban a hombros —don Guillermo entre ellos—. Yo me había subido a un árbol para verlo todo desde arriba. Mis padres estaban en primera fila: si bien no eran muy devotos que digamos, querían agradecerle al Dios el embarazo de mamá. Los Vasallo también andaban por ahí. Y mi amigo Marcel Sanpedro, que arrastraba la silla de ruedas donde su decrépito abuelo no paraba de aplaudir. A Esther se la había tragado la tierra. La muchedumbre se afinó cuando la procesión cruzó el puente de hierro de Cambó. Luego volvió a tomar cuerpo de manada, al doblar por la Calzada de Bejucal, de regreso a la iglesia, donde habría de comenzar la fiesta patronal. Carreras de caballos, tiros al blanco, kioscos de pan con bistec, algodones de azúcar. Por los descampados de los manantiales, al ladito del monumento a la Virgen del Cobre, se levantó la carpa de un circo. Un yipi con altavoces anunciaba la función, al tiempo que un enano lanzaba volantes desde el techo: "Malabaristas, acróbatas. Antonella La Equilibrista. Nata Ácida, tigresa indomable. Bebé La Barbuda. No se pierda las actuaciones del mago Asdrúbal Rionda y la bella Anabelle". Desde mi puesto de observación, vi que Abdul Mérimée ascendía como culebra por la escalerita de piedras que llevaba al apeadero. Asomó la cabeza a ras de tierra, justo en la esquina del barandal de hierro, miró a derecha y a izquierda, hizo una pantomima de payaso, y se dejó rodar escalones abajo, dando vueltas de carnero hasta quedar tendido en el pequeño andén de la estación. Pensé que había muerto: una risotada me sacó del error. Me hizo gracia. Sonreí.

Sábado 14 de junio
(San Eliseo, profeta)

Hablé con papá. Prometió que daría una vuelta por el asilo a ver qué podía averiguar. A la tarde, me dijo que le habían dicho que don Guillermo y su familia habían salido de repente y que estarían de vacaciones hasta principios de julio. ¡Quince días sin ella! (Ilegible). Me sentía tan triste que le conté a Marcel Sanpedro. "Hazte una paja", me dijo. Pero me da pena. La quiero demasiado: cómo entonces maltratarla así.

Jueves 19 de junio
(San Romualdo)

Nada de Esther. Los carromatos del circo se alejaron en caravana por la Calzada de Capdevila. Ya habían desaparecido tras la curva de la carretera y aún se escuchaban repiques de redoblantes y trompetazos. Luego, viento y pájaros, como siempre: pinos doblados, la palma y su peluca de pencas engominadas. Nunca fui a la función. Los tristes tenemos prohibida la entrada en los circos. Pasé la tarde en la laguna. Suspendí aritmética, a pesar de que Sanpedro me sopló algunas cuentas del examen. Nada de Esther: me gustaría contarle que voy a tener un hermano. Cuando yo sea padre, quiero que mi hijo se llame Ismael, por *Moby Dick*. Si es niña, me da igual: que decida Esther.

Sábado 21 de junio
(San Luis Gonzaga)

Nada de Esther. El sábado se fue volando. Marcel Sanpedro también anda enamorado, pero no me dijo de quién. A la noche me di cuenta de que no había pensado en Esther y me dio roña. ¿Y si la olvido? ¡Y si la olvido!

Martes 24 de junio
(San Juan Bautista)

Nada de Esther. Los Vasallo inauguraron la cartonera. Mis padres asistieron a la fiesta. Yo me quedé en casa, estudiando números quebrados. Luego me aburrí y me fui a cazar ballenas. Estoy leyendo *Moby Dick* por quinta vez. Me encanta esa novela. "Llamadme Ismael. Hace unos años —no importa cuánto hace exactamente—, teniendo poco o ningún dinero en el bolsillo, y nada en particular que me interesara en tierra, pensé que me iría a navegar un poco por ahí...". Papá dice que le pusieron el nombre de Ismael por el personaje de ese libro. Cuando tenga un hijo con Esther, llamadlo Ismael. Nada de ella. Me voy a navegar por mi laguna...

Sábado 5 de julio
(Santa Isabel, Eliana y Liliana)

Carajo, carajo, carajo. Día triste, jodido. La perdí, carajo, la perdí. Allá por la estación principal del pueblo, muy cerca de la panadería, ya adentrándose en territorios de Calabazar, justo al comienzo del enorme puente que cruza el río Almendares (donde los chinos tienen sus huertas de hortalizas, más o menos) apareció el cadáver de un vagabundo. El tren debió de haberlo golpeado. Se arrastró hasta los canteros de lechuga. Murió bocarriba. Marcel Sanpedro afirma que vio cuando se lo llevaban en una sábana. Por la descripción, no tengo dudas de que se trataba del orate que decía llamarse Abdul Mérimée. Pobre hombre. Por un momento llegué a pensar (desear) que era (fuera) mi ángel de la guarda. Decidí llevarle unas flores al apeadero de Llansó y fumarme un cigarrito en su honor. A nadie hizo daño su aterradora inocencia. En la pared principal del apeadero, la del fondo, alguien había dibujado un paisaje con carbón. Reconocí el lugar: el puente, una locomotora, el río, un campito de hortalizas. ¿Se suicidó? Descubrí una firma en el extremo inferior del dibujo, bien oculta entre hojas y garabatos: AM *acuarelista francés*. Debajo del banquillo de cemento, donde solía acostarse el mendigo, dormitaba un perro carmelita. Tuve ganas de llorar. Entonces unas manos taparon mis ojos. "¿Eres tú?", dije emocionado. "¡Arístides!", dijo ella. "¡Esther!", dije yo. Quise besarla. Esther esquivó mi boca, me dio la espalda y comenzó a caminar por la línea del tren. "Cásate conmigo", le dije. Me respondió que estaba loco, que éramos unos niños. "¿De qué vamos a vivir? ¿Qué vamos a comer?". Le conté que yo soñaba con ser actor, que entretanto triunfara en escena podíamos vivir en casa. Papá me emplearía en el tejar. Mamá nos cocinaría. Corrí hacia ella y la abracé con fuerza. "Nos vamos, Arístides. Mis padres han decidido mudarse lejos, tal vez a Matanzas o Cárdenas. Ya acabaron las obras en el asilo y papá debe buscar trabajo en otra parte. Soy menor de edad. Vine a despedirme, Arístides". Eso dijo acurrucada en mi pecho. El mundo comenzó a temblar. Se sentía el trepidar de los rieles. Intenté robarle un beso a la fuerza, pero ella me dio una bofetada. En ese preciso instante, el tren de las 4 y 30 asomó su nariz en la curva. Esther y yo saltamos hacia atrás por puro instinto de conservación y quedamos en cunetas opuestas. La locomotora arrastraba doce vagones. Los conté. Nunca antes había jalado un convoy tan grande. Cuando pasó la furgoneta final, Esther se había esfumado. "¡Miii vidaa!...", grité, y el eco de mi voz rebotó en el corral de la barranca. Tanta belleza, sí, me iba a costar caro. Carísimo.

Domingo 6 de julio
(Santa María Goretti)

Al atardecer, a las 6 en punto de la tarde, el automóvil negro con gomas blancas conducido por don Guillermo cruzó el puente de hierro de Cambó. Llevaba unos bultos sobre la parrilla del techo... (Ilegible). Yo me había encaramado en la baranda. Llevaba puesto unos tirantes que le robé a papá para parecer mayor. Tenía una jicotea en la mano. Alcancé ver la cabecita rubia de Esther. En verdad era pésima para las despedidas. De repente vi que ella sacaba la mano por la ventanilla y dejaba caer un objeto al pavimento. Tanto fue mi susto que, al saltar de la baranda, de seguro hice un gesto involuntario y dejé caer la jicotea. Esther me había dejado una pista: la cuerda de saltar Suiza, amarradita con un cordón de zapato. "Te buscaré todos los días de los días", dije en voz alta. Volví a casa. Me encerré a llorar en el cuarto. Como a eso de las 9 de la noche, papá entró y me pidió que lo acompañara. Lo dijo con tanta autoridad que no pude negarme. "Báñate y deja la zoncera", ordenó. Me bañé. Subimos al camión. Mamá nos despidió desde la puerta de la cocina. Durante el viaje, papá no paró de tararear una canción de Frank Sinatra. Llegamos a La Habana. Me llevó a un prostíbulo y me entregó a una puta. Todo para acabar de esta manera.

SEGUNDO ACTO

Puedo perecer y encontrar un amigo.
VIRGILIO PIÑERA

"Yo sabía que tanta belleza me iba a costar caro", dijo Larry, y se tapó las orejas con la mano. A Lino le sorprendió el fervor de la última frase. En verdad, no salía de su asombro. De alguna manera le irritaba haber simpatizado tan fácil con ese hazmerreír presuntuoso, auténtico mamarracho de alpargatas y tirantes que en otras circunstancias él habría rechazado sin vuelta de hoja, pues su natural retraimiento carecía de escudo ante las bufonadas de los viejos verdes. Sin embargo, las horas que pasaron juntos se fueron en un santiamén. Si él no siguió conversando con Larry fue porque a Totó le sonaron las tripas.

—Tengo hambre —dijo el bobo.

Cuando esa noche Lino hizo el recuento de lo sucedido, a la luz de la picuala y al aroma de la luna, las escenas del encuentro editaron en su mente un carrusel carnavalero —sin duda, muy cubano—. Tenía la tersa y a la vez ambigua impresión de haber conocido a muchas personas en una sola. Un conjunto de voces diferentes retumbaba en las paredes de su cuarto y el eco de las resonancias le provocaba una grata confusión, tan grata, incluso, que supo que volvería a visitar a Larry, de nada valía negarse esa oportunidad, porque con independencia de su terca desconfianza, aquel hombre también llamado Elizabeth sería, lo iba siendo o ya lo era, ese amigo que él había estado buscando durante su árida viudez. ¿Cómo pueden establecerse puentes de afinidades sobre el endeble pedestal del azoro? A ver, ¿y por qué no? ¿Cómo evitar que algo así suceda, y en el momento menos esperado, además? ¿Bastan tres o cuatro horas para admirar a un perfecto desconocido? Y para quererlo, ¿cuántas? ¿Mil más? ¿Quién ha tallado en piedra de obligada ley la tabla de mandamientos que regula los aldabazos del corazón? ¿Dónde están escritos los plazos o las normativas de cada deslumbramiento humano? Sin saberlo, Larry aclaró sus dudas con una sentencia crepuscular: "¿Acaso no existe la amistad a primera vista? La amistad también es un romance".

—Ven.

¡Parapán pan pan!... Desde la fila ante el puesto de periódicos, el tal Larry Po o Arístides Antúnez o Lucas Vasallo o Benito O'Donnel o Pierre Mérimée o Eduardo Sanpedro o Abdul Simbel o Plácido Gutiérrez o Elizabeth Bruhl, uno de ellos, quién sabe cuál, lo había embrujado con una orden tan simple que Lino no supo desobedecer, como un peregrino del Camino de Santiago que sigue ciegamente la aclamación de una campana:

—Ven.

Lino contó veintidós escalones hasta el primer descanso, donde nacía un pasillo lateral que, de seguro, llevaba a los otros departamentos del edificio. Una puerta de barrotes cerraba o abría el paso hacia "el palomar" de Larry, dieciocho escalones más arriba. La rampa conducía directamente a la esquina sureste de la sala, amplia y refulgente, de alto puntal. Tres columnas de granito rosado daban a la estancia una apariencia de señorial solidez. En la fachada principal, dos puertas de madera se abrían hacia el balcón exterior, con barandal de piedra calada. La casa olía a creolina. ¡Parapán pan pan!...

¡Parapán! Durante el ascenso por la escalera, Lino se reprochaba la locura de haber aceptado que Larry le regalase un tambor a Totó. Debió rechazar la propuesta con cualquier pretexto, pero la referencia a "Marujita, la cantante de filin, qué lindo cantaba tu mujer, tenía una voz privilegiada, lástima que fumara como una chimenea" había sido una carnada irresistible. Aunque se negara a aceptarlo, Lino iba tras ese anzuelo peldaño a peldaño. Le dolía reconocer que llevaba muchos años sin pensar en su difunta esposa. Aquel amor ya comenzaba a desdibujarse como estampas lejanísimas de su mayor frustración cuando volvieron a sangrar las cicatrices que más hondo calan en la piel: las de una incertidumbre. El olvido fue la única solución que Lino Catalá había encontrado para no odiar a esa

Maruja Sánchez secreta y esquiva que fumaba y cantaba y se emborrachaba y se cortaba las venas sin tener siquiera la gentileza de hacerlo sentir culpable. ¡Cómo pudo ella esperar hasta el primer minuto de su muerte para decirle que él nunca sabría con quién diablos había dormido durante veinticinco años y una noche de silencios y cansancios! Para colmo, se estaba orinando.

—Permíteme pasar al baño —dijo Lino.

—Dale. Estás en tu casa.

Desde la taza del inodoro lo escuchó declamar el relato de sus múltiples biografías: "Yo soy en verdad Arístides Antúnez, un actor sin suerte, extra de la televisión, Don Juan de pura sangre, viejo verde y cursi. Nací y crecí en el pueblo de Arroyo Naranjo, allá en las afueras de La Habana, donde mi padre cocinaba ladrillos en un tejar del XIX". Al filo del mediodía Lino ya había relegado a un segundo plano la celosa referencia a Maruja. Más tranquilo, sereno, sosegado, se dedicó a escuchar el monólogo de Larry, a ratos sin prestarle la atención que fingía, porque le fascinaba contemplar la decoración de aquella casa donde era fácil sentirse amparado. Identificó la firma al pie de los cuadros, René Portocarrero, José María Mijares, Víctor Manuel, tres de sus pintores preferidos, y en el librero que limitaba frontera entre la sala y el comedor reconoció algunas ediciones de la imprenta Úcar y García en las que él había trabajado como linotipista en su juventud: *Por los extraños pueblos* de Eliseo Diego, *Las miradas perdidas* de Fina García-Marruz, entre otros. Desde el óvalo de un pequeño marco, lo observaba el rostro de águila de Virgilio Piñera, en un retrato recortado de alguna revista. ¡Parapán pan pan!... Totó tocaba el tambor en el balcón, barajando la voz de Larry Po entre redobles rimbombantes. *Me considero afortunado: la gente que me mira no me ve.*

Larry los acompañó hasta el parque sin decir palabra. Bajó las escaleras silbando una canción de Frank Sinatra, pero, ya en la calle, le cayeron los años encima y suspiró un par de quejidos dóciles. Por alguna razón, se le había acabado la cuerda del entusiasmo. Se frotó el ojo para disimular un súbito pestañeo. "¿Te cayó una basurita?", dijo Lino, y Larry asintió al tiempo que exponía su párpado inferior a los soplos de su amigo. "No veo nada. ¿Mejor?". Paso a paso, el comediante se entregaba a su quehacer rutinario, a las querencias de cada día. Por despedida, abanicó la mano y se apoltronó en uno de los bancos de la pequeña plaza. Apenas demoró doce segundos en quedarse profundamente dormido —el rostro oculto bajo la gorrita de pelotero, el calcañal de un pie sobre el arco del otro, las manos al cinto y los dedos prendidos en las trabillas del aparatoso pantalón—. Los transeúntes se veían obligados a saltar los remos de sus piernas y algún que otro distraído no pudo impedir el tropezón —tampoco el disgusto: "alza la talanquera, campeón, que la acera no es tuya—". Desde la esquina, Lino le echó un último vistazo a su amigo: el actor se golpeaba el pecho con el puño, como si tocara a una puerta. Entonces se acostó sobre el banco en posición fetal. Talón contra talón se descalzó las alpargatas para rascarse los empeines.

El bobo jaló a su abuelo por la manga. Fontanero de sus grifos corporales, Lino agradeció el remolque porque sabía que ese picapica en el bajo vientre era el aviso de que, al menor descuido (un estornudo, una tos, un carraspeo), el embalse de su vejiga se desbordaría de orines —en vista de lo cual trancó sus muslos y echó a andar paticruzado, con las rodillas amarradas por el miedo, sin atreverse a soplar el cornetín que Totó acababa de confiarle de propia mano.

—Toca, toca, anda, toca —dijo Totó.

Lino Catalá había aprendido a enfrentar las traiciones de su vejiga con desdeñosa aunque inquieta soltura. Para ello se valía de algunas mañas, por demás bastante comunes entre los que no dependen exclusivamente de su voluntad para hacer frente a la mala suerte. Siempre que salía a la calle, por ejemplo, tenía la precaución de ponerse pantalones negros (un color que no hace distingos visibles entre seco y mojado) y de acomodarse en la entrepierna una suerte de almohadilla sanitaria (papel periódico envuelto con un trapo de gasa); ante una emergencia, se consideraba capaz de trancar el esfínter por un par de minutos e ir así desaguando a cuenta gotas, sin evidenciar ni el salidero ni el nerviosismo. Era un hombre previsor, una virtud que le había servido de mucho a la hora de enfrentar una situación tan candorosa como la que lo esperaba esa tarde a la entrada de su casa: Moisés, su vecino, venía del aeropuerto, luego de haber pasado cinco años serruchando peronés en un hospital a orillas del río Zambeze, en la remota República de Zambia, y el barrio en pleno le daba al ortopédico un cordial recibimiento. Lino no lo reconoció a primera vista, pero se dejó abrazar sin resistencia. Aquel Moisés con el pelo teñido de rubio y cejas entresacadas poco se parecía al Moisés de siempre; ahora encarnaba en un hombre hecho y derecho que, sabe Dios cómo, consiguió revelarse a sí mismo en tierra extraña. Lino y Moisés se tenían real aprecio. El abrazo de bienvenida no dejaba lugar a dudas de que se querían; sin embargo, el zarandeo del esqueleto resultaba el tratamiento menos indicado para controlar las ganas de orinar, así que el linotipista abrió el gotero y desbalagó algunos mililitros de urea. Los vecinos acorralaron al doctor y lo pastorearon hasta su casa, gracias a lo cual Lino ancló por fin en puerto seguro.

—¿Y ese juguete de dónde salió? —dijo Ofelia cuando vio llegar a Lino y a Totó. El bobo tocaba el tambor y el viejo cantaba entre bombazos de la corneta: *El 47 dijo al 23: ven aquí, mi socio, vamos a bailar, ven aquí, volando a rocanrolear, el rock de la cárcel es para bailar el rock...*

—Un amigo mío se lo regaló a Totó.

—¿Qué amigo? No te conozco amigos, tío.

—Nos encontramos casualmente en la cola del periódico. Un tipo chévere, demasiado ocurrente para mi gusto. Nos conocimos allá por los años sesenta en la Editora Nacional. Es amigo de Rosita Fornés y de Consuelito Vidal —improvisó Lino sin mucha puntería.

—Mira tú...

—Es actor. Trabaja en la televisión. Espera. Me hago pipi.

—Qué chiquito es este mundo... ¿No alcanzaste el periódico?

—Se acabó delante de mí —dijo Lino desde el baño.

—¿Y vive por aquí?

—¿Quién?

—Tu amigo, el actor ese que conociste en la imprenta. El amigo de Rosita y Consuelito.

—Se llama Larry Po. Vive al otro lado de Infanta, cruzando la calle —dijo Lino.

—No, si es lo que yo digo: La Habana es un pueblo de campo.

—Muy cerca del mercadito, en una casa virada al revés.

Lino se sumergía en el pantano de las mentiras. Al intentar salir del atolladero sólo conseguía enfangarse más. Regresó a la cocina.

—Todo está virado al revés. Nunca te había oído cantar rocanrol.

—Estoy tomando clases de baile... *Un día hubo una fiesta aquí en la prisión, la orquesta de los presos empezó a tocar, tocaron rock and roll y todo se animó. Un tipo se paró y empezó a bailar el rock.*

—Me gusta verte contento. ¿Ya almorzaron? Hice una tortilla. Y sopa de plátanos verdes.

—Tengo hambre —dijo Totó.

—Yo prefiero recostarme un par de horitas... —dijo Lino—. ¿Viste quién llegó?

—Tráelo un día por la casa.

—Moisés.

El teniente Rogelio Chang se sumó al diálogo. Venía sudado. Bebió un litro de agua a pico de botella. El frío del refrigerador aliviaba los calores de su cuerpo.

—¿A quién? —preguntó.

—A un amigo de Lino... Pobre Consuelito. El otro día me dijeron que estaba medio malita. Ojalá se mejore. Tío, ¿y Larry Po es chino?

—Pasado mañana comeremos juntos, en su casa. Me prometió un arroz con pollo. Yo le digo. No sabía lo de Consuelito. Qué pena. No, no. Larry no es chino.

—Curioso... —dijo Chang.

La jubilación había tenido efectos catastróficos en la conducta del tunero, un militar sin duda entrenado para campañas más complejas que las simples tareas hogareñas. Se sentía aún en plenitud de forma. Lo estaba. Si ocho años atrás acató la decisión de pasar a retiro fue porque había aprendido desde joven que la orden de un superior se cumple sin cuestionarla. La obediencia era su credo; la observancia, su público estatuto. Creía en el valor de la disciplina con fe jesuita. Sin jefes ni subordinados, Chang no sabía qué hacer consigo mismo. La libertad puede ser una condena. Los animales domésticos adoran la cadena que tira de sus cuellos, el bozal que les impide ladrar o morder, la chapilla con un nombre grabado a relieve donde se acredita que han sido vacunados en tiempo y forma. El aburrimiento era una mina de contacto. Día tras día, la barriada se convertía en un descabellado polígono de antisociales. Había que cortarles el paso a los contestatarios y los lenguaraces. Los caminos de la locura pueden comenzar en el triángulo escaleno del ocio, la obstinación y la intolerancia.

—Curioso... —repitió Chang—: Yo he conocido a varios chinos con ese apellido. En la fonda de mi padrino, allá en Zanja y Dragones, trabajaba un pekinés de nombre Li Po.

—Como el poeta —comentó Lino.

—¿Poeta? No. Era cocinero. Moisés trae el pelo pintado de rubio.

—Pero mi amigo no es chino —dijo Lino, inquieto.

—Raro, muy raro... Qué raro —dijo Chang.

—¿Por qué raro? ¿Qué de malo tiene teñirse el pelo? —dijo Lino.

—Don Lino, ¿no le parece extraño que un hombre apellidado Po no sea chino, o al menos no tenga ascendencia china? ¿Usted se pintaría el pelo, don Lino?

—Rogelio, ¿todos los Chang son chinos? —preguntó Ofelia.

—Los que yo conozco, sí: narras de ojos oblicuos. Moisés es maricón. Siempre lo dije.

Lino se lavó las manos en el fregadero.

—¡Vaya conversación! —murmuró.

—¿Qué te pasa, tío? —preguntó Ofelia.

—¿Se siente mal, don Lino? Cuídese —dijo Chang, sonriente—: A usted le quedan tres o cuatro afeitadas...

Lino se secó las manos en el pantalón.

—Estoy bien. Tenía las manos sucias. No pasa nada —dijo.

—¿Nada?

—Nada, Ofelia. Me cansé un poco. Luego pasaré a ver a Moisés.

Ofelia siguió con los trajines de la cocina.

El teniente Chang volvió a su cuarto. Iba diciendo: "A Li Po le faltaban los dientes... Un tipo misterioso, con aspecto de espía".

—Larry es ginecólogo —dijo Lino, al rato.

—¿No era actor?

Lino se turbó.

—Actor, sí: actor y ginecólogo. Retirado. Ya sabes, la gente inventa su maquinaria.

—Descansa, tío. Yo te guardo la comida en el refri... ¿Cómo dice? *¿El 49 dijo al 33?*

—El 47 y el 23, sobrina... *El 47 dijo al 23: ven aquí, mi socio, vamos a bailar, ven aquí, volando a rocanrolear...*

—*El rock de la cárcel es para...* —siguió Ofelia rocanroleando en compañía del inspirado Totó.

Lino se acostó a dormir la siesta, inconforme con su comportamiento, propio de adolescente. ¡Un ginecólogo actor, válgame Dios! Hubiera sido sencillo contar el episodio sin alteraciones. Tal cual. No había nada que silenciar. ¿O sí? ¿Por qué entonces se aturdió de esa manera? Dormido encontró respuesta: porque deseaba guardar a Larry como un secreto, aun a riesgo de hundirse con él en el pantano. Cuando despertó, hizo el intento de olvidar esa difusa explicación, mitad verdad, mitad mentira. No pudo. Estaba atornillada en su cabeza.

—¡Qué absurdo es el absurdo! —dijo Lino—: Mejor me rindo.

Y durmió dieciséis horas continuas.

Dos días después, Lino fue a almorzar a casa de Larry Po. Tendrían una seis o siete semanas para quererse. Entre otras hazañas, Lino pudo comprobar que Larry no era tan mal actor como él decía la tarde que animó con payasadas graciosas la fiesta del hijo de Mario y Josefa, sus vecinos. Juntos visitaron a las viejas amantes de Abdul Simbel, el doctor Sanpedro, Pierre Mérimée, para tratar de convencerlas de que volvieran a querer a Larry Po. A todas repetía el mismo parlamento: "Tú estás sola, mujer, y yo también. Deberíamos darnos otra oportunidad. Nos queda vida. Trencemos nuestros destinos antes de que sea demasiado tarde". No resultó tarea fácil. La ilusión de la profesora Elena Ruiz duró apenas una llamada telefónica, a medianoche. Elena se había unido en quintas nupcias con un primo segundo, electricista de profesión:

—Usted es un buen hombre, estimado doctor Eduardo Sanpedro.

—No puedo olvidarte, Elena. No quiero perderte.

—Yo también guardo lindos recuerdos de nuestros encuentros, y eso basta y sobra. Aquí nadie gana ni pierde. Le propongo un empate. ¿Tablas?

—Tablas, profesora.

—Además, le confieso que yo sería una carga insoportable: aquí donde me tiene, me estoy muriendo, y no creo que sea usted quien deba cerrar mis ojos —dijo y colgó.

Barbarita había decidido pasar el resto de su existencia en un retiro espiritual a prueba de "ladrones de corazones como tú, querido", y pidió disculpas a Benito O'Donnel por el desplante:

—Viuda, jubilada, artrítica, abuela, gorda, celulítica y malgeniosa, ya no estoy para murumacas, muchacho.

Sólo La Jabá estuvo dispuesta a seguir al cojo Plácido Gutiérrez pero puso tantas condiciones para formalizar la alianza (camas separadas, un rincón para el altar de su santo y un cuarto para su madrina de 107 años) que a Larry se le aflojaron las piernas.

—Qué pena...

—Ingeniero, así es la cosa: la seguridad por delante.

—Besitos, Jabá...

—Vete al diablo, cariño.

Larry colgó el teléfono a cámara lenta.

—¡Me mandó al Diablo, Lino!

—Merecido lo tienes.

Lino y Larry pasaban las tardes contándose sus vidas, sus fracasos, sus fervores. Se leían pasajes del *Cuaderno rojo de Arístides Antúnez* y poemas de la revista *Orígenes.* A veces dormían en el parque de Infanta y San Lázaro, detrás del obelisco a los estudiantes, donde Larry había encontrado un banquito de sombra clara. Bailaron tango. Bailaron rocanrol. Cuando a uno comenzaba a cerrársele los ojos, el otro lo sacudía por los hombros para conservarlo activo. Fueron dos veces al cine Chaplin (y la segunda, consiguieron boletos para ver la película *Suite Habana*), una a la heladería Coppelia, otra al bar del restaurante La Roca, donde se bebieron el dinero de sus jubilaciones. Una noche cenaron en el paladar Gringo Viejo, en compañía de Ismael, Sofía y Constanza, y así fueron acumulando nuevos recuerdos, recuerdos que no dejaban añejar demasiado porque a la mañana siguiente los evocaban con pintona nostalgia. El tiempo les alcanzó para extrañarse. Incluso, para recorrer Arroyo Naranjo, hablar de Maruja Sánchez y encontrar a Esther Rodenas, allá por los remates del Cacahual.

—¿Te conté lo que me dijo Esther aquella tarde?...

—Esther, Esther, Esther, siempre Esther... Cambia el disco, Larry, está rayado...

Cada salida terminaba en el malecón. Larry prefería sentarse de cara a la ciudad, atento al pasapasa de la gente, y Lino, mirando al mar, embelesado. Sólo cuando se tendían boca arriba sobre el muro alzaban las pistolas de sus manos y abrían fuego contra la rutilante bombilla de la luna.

—Qué tipo tan insensible tú eres, mi socio. Somos dos viejos en conserva.

—Se cayó una estrella...

La brisa.

—Dime, ahora mismo, en este momento, ¿dónde te ves?

—En la peña del Buenos Aires... ¿Y tú?

—Asomado al muro del asilo masónico...

—Esther, Esther, Esther... Siempre Esther...

—¡Ay!, Lino, Lino, Lino, Lino...

Jueves 27 de noviembre, 2003. ¡Lino, Lino, Lino, qué bueno que viniste! ¿Llevas mucho tiempo esperándome? No sé por qué me demoré cinco horas en llegar a casa. Tal vez intentaba extraviarme en algún callejón de esa Habana que cada día me rechaza más. La antipatía es mutua. Nos agredimos, dando y dando a la par: sólo queremos ver quién de los dos aguanta más. Mi ciudad acabó siendo la cama donde duermo. El colchón se hunde, moldeado por el vacío de mi cuerpo. Para La Habana soy un trapo. Las ciudades crecen de distinta manera que sus habitantes: algunas se modernizan en lo que nosotros, sus huéspedes, nos vamos apagando, metamorfoseando. Otras se rompen hueso a hueso. No te entiendo, Habana; tampoco aspiro a que me entiendas. Somos un matrimonio mal llevado. ¿Subes?

—Mira, te traje el ejemplar de la revista *Orígenes* que te prometí.

—Chévere, mi socio.

—Estás borracho, Larry.

—No soy Larry, soy Sanpedro. Mucho gusto, Lino.

Me puse la piel de Eduardo. Vengo de ver a Rafaela Tomey. Estaba muy solo. A medida que me acercaba a su casa, al final de un pasaje sombrío, repasaba las muchas tardes que recorrí ese laberinto. Me hacía gracia recordarme a mí mismo abotonándome la bata de médico, perfectamente inmaculada. Para la sensible secretaria Rafaela Tomey, yo era y debía seguir siendo el ginecólogo Sanpedro. Como tal me había presentado durante el desfile obrero del Primero de Mayo, "doctor Sanpedro, viudo y con tres hijos de once, nueve y dos años" y con ese nombre y profesión le seduje en la terraza del restaurante Los Siete Mares. A Rafaela le conmovió mi biografía y pensó que en su carta astral estaba escrito que ella debería hacerse cargo de otra infelicidad (la del indefenso doctor) además de la suya propia, para lo cual se sentía preparada porque su cuerpo estaba de rechupete.

De pronto me acordé que el ginecólogo arrastraba las erres. *Erre con erre cigarro...* Cada paso me acercaba al pasado y no pude evitar un excitante escalofrío. Sujeté con fuerza la botella de ron que llevaba de regalo. Repetía mi parlamento: *"Rafaela, Rafaela, tal vez me queden ocho meses de vida, o cuatro semanas, o dos martes, cómo saberlo, pero ese tiempo, mucho o poco, lo dedicaré por entero a la tarea de hacerte feliz. Lo merecemos. Déjame quererte".* Encontré la puerta abierta y decidí entrar con familiaridad. *Erre con erre barril...* La peste golpeó mi cara. *Rápido corren los carros...* La casa olía a orines. Ácido. La sala a oscuras. Aquellas ventanas llevaban un siglo sin abrirse. Cuando mis ojos se adaptaron a la luz, descubrí una decena de gatos. Flacos. Sucios. Dormían en el sofá. Dos de ellos comenzaron a pelear. El combate despertó al resto de los gatos. Yo me pegué a la pared, bajo el cuadro del Sagrado Corazón de Jesús. Y en eso apareció su alma en pena. Pobrecita, amor mío. ¡Ay!, Lino. Era una bruja tasajeada, raquítica, que vestía los ripios de un vestido de noche. A manera de collar, llevaba al cuello una soga de ahorcado, con un rabito corto que tiraba de la mano. El cabello se anudaba en una trenza grasienta donde no me extrañaría encontrar un nido de escorpiones. La seguían dos perros gordos, rodantes, evidentemente ciegos. Los gatos dejaron de pelear.

—Debes darte un baño.

—Ven, Lino. Tómate un trago. Estaba viva, vivita y coleando la muy bruja.

Yo supe que Rafaela estaba viva porque escupía y escupía sin reparar en mi presencia, y los muertos no escupen como escupía y escupía el humano despojo de Rafaela Tomey. Escupía dientes, que luego recogía del suelo y recolocaba en el surco de la encía. Escupía roñas, desencantos, aborrecimientos, antipatías. Escupía su muerte y escupía su vida. Los gatos se enroscaban en sus tobillos. Ella los iba nombrando, entre escupitajos. Estábamos a un metro de distancia y ella no me veía. Transitaba por una dimensión esperpéntica de la realidad. No podía dejar de mirarla. Me fascinaba, me seducía.

—Mañana me cuentas, Larry.

—Sus pupilas estaban nubladas.

El tiempo se había ensañado con esa cubanita que un día no muy lejano había sido un ser saludable y comprensivo. Reculé despacio, con la precaución de no molestar a los perros cegatos. Antes, dejé sobre una mesa todo el poquito dinero que llevaba encima. No tengo trabajo. Nadie me contrata. Huí aferrado a la tabla de salvación de la botella de ron. Por el corredor, un vecino perseguía un puerco. Llevaba un cuchillo en la mano derecha, un tenedor en la izquierda y una gorra bolchevique, de orejeras. Una mujer, tal vez su esposa, seguramente ella, gritaba desde la puerta de un apartamento: ¡Atájalo! ¡Atájalo! Todo era falsificado, ilusorio, artificial, menos mi taquicardia y el chillido del puerco al sentir el bayonetazo entre las costillas.

—¡Atájenme!

—Ven. Acuéstate en tu cama. Estás borracho.

—No me dejes, Lino.

Estuve sentado en el muro del malecón, como en el palco de un teatro, entre dieciocho parejas de enamorados: once mirando al mar y siete a La Habana. Las conté. Un barco mercante hacía equilibrios sobre la línea del horizonte. Tal vez fuera un crucero porque estaba muy iluminado. ¡Cómo chillaba ese cochino! El salitre me alivió. El salitre y el ron. La ciudad bufaba. Ismael pasó en su bicicleta. Sofía iba en la parrilla, abrazada a la cintura de mi sobrino. No quise que me vieran y no me vieron. Las fachadas de los edificios se cosen unas a otras en un telón de fondo. Encendí otro cigarro. Descorché la botella de añejo con un golpe seco y me bebí un trago. El doctor Sanpedro abandonó mi cuerpo y echó a correr sobre los techos de los automóviles. Me fui. Me fui espantado. Me fui espantado de vivir. Me fui espantado de vivir tan solo.

—¿Mañana me acompañas a ver a Julieta y Mercedes? Viven cerca. Tal vez una de ellas me soporte.

—Sí, Larry, mañana te acompaño.

—También es el cumpleaños de Tomasito, el hijo de Josefa. Animo la fiesta un rato y luego vamos. Julieta y Mercedes... Deben de ser dos cáncamos.

—Duérmete.

—Gracias por acariciarme la cabeza. Nadie me contrata. Nadie. Gracias, mi socio. La soledad es una mierda.

—Duérmete.

—Chico, está bien. Me duermo y ya.

Lino soñó con Esther Williams. Durante su dilatada existencia, sólo había dormido fuera de casa una media docena de noches, y ninguna de ellas en el borde de la cama de un amigo, así que esa mañana estrenaba una experiencia novedosa y placentera. Larry le trajo una taza de café y un pancito con mermelada de guayaba, regalo de su consuegra Constanza. En el aire se respiraba a Frank Sinatra. La revista *Orígenes* en la mesita de noche, permitió a Larry demostrar sus dotes de declamador. Mientras Lino le metía el diente a las tostadas, Larry leyó en voz alta un poema de Eliseo Diego: "El gato mira con sus ojos de oro, pero no dice nada. El perro, en cambio, aúlla incansable. La muerte acaricia al gato y le concede siete dones. Al perro lo enloquece con un gesto". Durante el desayuno, cosa rara, abordaron el tema de la política. Al cruzar sus biografías descubrieron que ninguno de los dos había estado en la Campaña de Alfabetización ni en los repartos de la Reforma Agraria ni en los combates de Bahía de Cochinos y Playa Girón ni en la Crisis de los Cohetes en octubre de 1962 ni en la Lucha Contra Bandidos del Escambray, en la cordillera central de la isla, ni en la llamada Ofensiva Revolucionaria de finales de los años sesenta ni en la Zafra de los Diez Millones ni en la institucionalización del país ni en misiones internacionalistas ni en los actos de repudio de los ochenta ni en los "destacamentos de acción rápida" ni, a fin de cuentas, en ningún capítulo trascendental, para bien o no, de esos años en verdad difíciles. Dos cubanos insignificantes, un extra de la televisión y un oscuro linotipista de imprenta, habían transitado cuarenta y cuatro años por la orilla de la epopeya, postura que no respondía necesariamente a un juicio ideológico, en apariencia contestatario o de agria indiferencia, sino a causales mucho menos sacralizadas: la Historia nunca los tuvo en cuenta. Ellos tampoco a Ella, justo es decirlo.

—¿Cómo pudimos? —se preguntó Lino.

—Fácil, mi socio: a nosotros nadie nos ve.

A media mañana, Larry se maquilló de payaso y pidió a Lino que lo acompañara a la fiesta de Tomasito, que ese día cumplía cinco años. Asistieron muy pocos invitados. Lino se reía más que los niños. Resultó una experiencia grata. Almorzaron la cajita de dulces que repartieron en el convite: una cuña de pastel, dos croquetas "de averigua" bien fritas en manteca, una ensalada de coditos con mayonesa casera y un bocadito de papa, mostaza y huevo, cortado en triángulo. Ya en casa, un piso abajo, la digestión hizo efecto y los dos viejos durmieron la siesta en los butacones de la sala. Los zarandeó la bulla del barrio. Desde la ventana de su cuarto, Larry fue presentando uno por uno a "los actores" del vecindario.

—Lino, aquel calvo es el amante de turno de la enfermera, ya verás cómo se esconde tras los tanques de agua cuando el esposo de la susodicha llega sin avisar. Dos veces al día, la muchacha del apartamento de arriba se refugió en la terracita para que nadie sepa que vomita.

—Pobre muchacha —dijo Lino.

—Somos hormigas, mi socio. El lío está en saber cuándo te pisan.

El hormiguero real se escondía en el corazón de la manzana, en ese territorio sin dueño donde confluyen los traseros promiscuos de los edificios, cocina contra cocina, baño frente a baño. Larry lo llamaba el Palacio de la Bulla porque en las buenas y en las malas el inmueble mantenía una aburguesada entereza. Al centro mismo del fastidio, se escuchaban los coros vecinales, las escalas del vecino músico y las arias de malas palabras que cantaba la gorda del fondo entre el cacareo de sus gallinas y los bostezos estrepitosos de los indiferentes que no sabían cómo matar el tiempo de otra manera que no fuera perdiéndolo. Era el confesionario de la cuadra. El matadero de la privacidad. Los chismes rebotaban de ventana a ventana.

Nada permanecía en secreto. Licras negras y amarillas se ahorcaban en las tendederas de alambre, entre los calzoncillos del policía de enfrente y los blandos *blúmers* de su concubina. "Cuando el concierto de grillos humanos alcance una tesitura ensordecedora, los que pretenden aislarse en las mazmorras del castillo subirán el volumen de la radio. La mezcla de emisoras enturbiará aún más ese reino sin patriarca que es el aire", dijo Larry.

—Me parte el alma la indiscreta exposición de su náusea. Al loco de los bajos le da por gritar al mediodía: los alaridos asustan a la puerca que su hermano cría en su bañadera de patas y un minuto después ya resulta imposible precisar si es el anciano quien berrea o la puerca que se queja. Los Martínez me salvan. Josefa es editora y Mario, químico industrial. Tomasito es un paquete. Ya lo viste. Descubrió mis trucos de magia. Llevan acá un año. Son silenciosos, de modales finos aunque un tanto arcaicos. Presumen ese estilo antiguo de los que han sido criados en provincia. Mario huele a colonia. A Josefa nunca la he visto despeinada. No creo que resistan en este manicomio, por muy necesitados que estén de vivienda. Las Tres (Des)gracias acabarán espantándolos: las odio.

—Me has hablado de ellas...

—No las soporto. Representan un mundo del que siempre he querido huir. Sin embargo, aquí me tienes entrampado. Lala, Lola y Lula se dicen viudas de un mismo hombre. Qué estómago debió de tener ese tipo. El día que, según yo, se cumple un aniversario de la muerte del señor, desde esta ventana yo escucho las letanías. Se flagelan. Chillan: ratas. Pelean, discuten, maldicen. Evítalas. Júramelo. Cuando pasen junto a ti y dejen en tu pellejo un olor a pollo podrido, persígnate cinco veces para alejar el maleficio. Lala y Lola son dos escobas flacas. Se desarticulan al caminar. Lula es elefanta. Devora a escondidas raciones de pan con moho. Cuando Lala se mete el dedo en la nariz y Lola fuma en la cocina, la elefanta mea de pie sobre los colchones de sus hermanas. Los riega con chorros intermitentes, ácidos, sin sobrepasarse en la dosis de amoniaco para que ellas no detecten su brujería. Bueno, mi socio, te dejo en el chisme.

Me doy un baño y vamos a echarle el anzuelo a Julieta Cañizares y a Mercedes Betancourt, a ver cuál de las dos me lo muerde.

—Acicálate —dijo Lino.

—Para Julieta, soy acuarelista; para Mercedes, naviero libanés.

Media hora después, los dos amigos caminaban por el malecón bajo el sol de las tres de la tarde. Lino repasaba los apuntes del *Cuaderno de tapas rojas*, sobre la marcha.

Nombre: Julieta. Apellidos: Cañizares Valderrama. Apodo: Mamirriqui. Ella me decía Papi, Papito. Edad: 9 menos que la mía. Teléfono: de una vecina. Señas Particulares: Tiene unos pechos sencillamente adorables, con un lunar debajo del pezón derecho. Sufre pequeños desmayos después de cada orgasmo. No tiene límites. Al menos yo no se los conozco.

Por su parte, Larry ensayaba los parlamentos en voz alta. Gesticulaba con pomposidad:

—Julieta, querida Julieta Cañizares... ¡Tantos años! El tiempo no ha pasado por ti... Te ves entera, como en nuestra época de oro. Tú estás sola, mujer, y yo también. Deberíamos darnos otra oportunidad. No he podido olvidar ese lunar bajo tu pecho derecho, Estrella Polar de mi destino... No te desmayes, amor, no te desmayes... Soy yo, que he vuelto a casa... Tal vez me queden ocho meses más de vida, o cuatro semanas, o dos martes, cómo saberlo, pero ese tiempo será tuyo por entero...

Oficio y/o Habilidades: Fue gimnasta en su juventud (fotos) pero desde que se torció un tobillo en el caballo de salto, se dedica a dar masajes a domicilio. Cocina delicioso. Le prometí tatuarme una sirena con su nombre en el antebrazo izquierdo. Nada, ocurrencias mías. Jamás lo haría. Uno solito se complica.

—Gimnasta de mi corazón, masajista de mi alma... ¿Acaso no tenemos derecho a ser felices? Es obligación intentarlo. *¡Qué alegría no representar esta noche! El público protesta y comienza el coito de las sirenas...*

—No, eso no. No mezcles a Virgilio. Chico, Larry, atiende.

Parentela: Me da igual. Última Dirección Conocida:

Edificio E, departamento no. 4, detrás del hotel Riviera. Último Encuentro: 1990. En su sala. Habíamos ido a escuchar a mi dilecto amigo Felipe Dulzaides en el bar El Elegante, del Riviera. Bebimos Ron Collins. ¡Ah!, Felipe en el cabaret...

—He vuelto por ti, a suplicarte de rodillas que seamos felices. Vivamos juntos el poco o mucho tiempo que nos queda... Te invito a un trago. Tu Ron Collins, amor...

—Estás exagerando, Larry... Creo que deberías hacer un esfuerzo por controlar tus emociones y tu cursilería. Aquí hay una nota al pie de página. La leo.

Nota a Pie de Página: A la medianoche, luego de consumadas las calistenias del amor, le dije que iba por unos cigarros y nunca regresé. El segundo palo se lo dejé en los cayos. Repentinamente tuve miedo. No sé a qué. Me duele reconocerlo, tal vez era mucha mujer para un solo hombre. Amante Inicial: Pierre Mérimée.

—Ya no fumo, amor.

Estado o Deterioro Actual de la Relación: Dudoso. Metí la pata hasta el fondo del pedal. Julieta debe de haberse quedado con un mal sabor de boca. Tiene razones para odiarme, después de irme así como me fui, como un papanatas. Observaciones Finales: En un posible reencuentro debo tratar de comportarme con naturalidad. Dios me coja confesado.

—Abrázame, Mamirriqui.

Lino y Larry llegaron a casa de Julieta bañados en sudor —pero llegaron.

—No olvides que me llamo Mérimée.

"¡Papito, papito!". Julieta Cañizares recibió al acuarelista con un abrazo tan sincero que a Lino le dieron ganas de aplaudir. Luego tendría deseos de llorar. Por último, abandonaría el departamento relamiéndose los labios. Tales fueron los puntos de giro de aquel drama pasional, vistos desde la perspectiva de un simple espectador, como él. A la hora de comerse a besos, ni a Pierre Mérimée ni a Julieta Cañizares les preocupó su presencia: nada ni nadie inhibía el sediento romance. La exgimnasta enroscó a Larry en la hoz de su pierna para permitir que él adelantara su cuerpo hasta casi subirla a la montura del muslo. Entre mordida y mordida, el actor decía su parlamento con convincente sinceridad. Al chuparle el lóbulo de la oreja al falso francés, Julieta hizo un guiño de ojo a Lino, tardío saludo, antes de tomar a su amante por la muñeca y arrastrarlo al cuarto con tanta fuerza que desequilibró el cristal de la mesa del centro, provocando un tembleque de floreros y figuritas de porcelana.

—Regresamos enseguida —dijo Julieta al cerrar la puerta. Lino creyó ver una inquietante luz roja en la habitación del amor. "Sí que es una experta: huele a sándalo", pensó. Sí que era una hembra de cuerpo y alma y no por el fogaje de su boca ni la sensual mecánica de su torso ni sus manos entrenadas para la caricia ni la putañera ambientación del dormitorio, sembrado de palillos de incienso: lo era porque sabía que, por mucha agua que hubiese corrido, no se vale mentirle a alguien que alguna vez te hizo feliz, aunque esa felicidad resultara un espejismo o una razón más para sufrir. Julieta chocó tacones con marcialidad, alzó la frente y dijo a Pierre, sin temblor de voz, que mucho lamentaba su tardanza.

—Me metí a puta.

Pierre Mérimée besó su mano. Julieta no era mujer de andarse por las ramas, quejándose de su suerte, pero tampoco de hacer alarde gratuito, así qué sólo comentó que, por limitaciones de edad, había encontrado clientela en ese batallón de hombres maduros y ancianos ásperos que vagaban por el barrio sin una boca que lamer, sin un pecho donde dormir, sin una papaya que mamar, sin nadie entre cielo y tierra. Eran tantos los solitarios que, aún aplicándoles una tarifa baja, y en moneda nacional, a ella le alcanzaba para sobrevivir tranquila.

—Y a veces, hasta lo paso bien —remató.

—Te admiro.

Julieta hizo una monería.

—Yo también. Quiero decir, yo también me admiro.

—¿Te dije que ya no fumo? —dijo Pierre.

—No, pero yo sí: me envicié cuando desapareciste, Mérimée. Compré tres cartones de Populares para tenerte cigarros en casa y así quitarte esa excusa. Te extrañé un par de meses, hasta que aprendí a fumar —dijo ella.

—¿Cuánto cobras, Mamirriqui? —preguntó Pierre, sin morbo. En ese momento supo cuánto la quería.

Julieta comenzó a desabotonarse la blusa.

—Nada, Papito. A ti tendría que pagarte yo.

—Lo digo por mi socio, el que está allá fuera, en la sala. Es como mi hermano. Le dicen El Mago Catalá.

—El nombre promete.

Julieta sonreía bonito.

—Hace mucho que no le ve pasar —dijo Pierre.

—Dile que entre —dijo Julieta.

Pierre Mérimée fue a por su amigo y sin dar explicaciones lo empujó hacia el cuarto. Cerró la puerta. Encendió un cigarro. Cuatro Populares después, Lino reapareció orondo. Un brillo de miel enceraba sus labios. Se relamía. Julieta no salió a despedirlos.

—¿Ganamos o perdimos?

Pierre Mérimée había vuelto a ser Larry Po.

—¡Ganamos! —dijo Lino.

—Ahora veremos cómo le va a Abdul Simbel.

—Mercedes Betancourt, ¿verdad? —dijo Lino, en la esquina de Paseo y Línea.

—Betancourt y Fornaris, que tiene madre.

Lino abrió el *Cuaderno* en la página indicada. Nombre: Mercedes. Apellidos: Betancourt y Fornaris. Apodo: Huesitos (ella me dice "mi cielo"). Edad: 44 años en 1984. Teléfono: S/N. Señas Particulares: Tiene una voz nasal, un tanto estridente; sin embargo, ese "defecto" hace muy especiales sus gemidos a la hora del titingó. Oficio y/o Habilidades: Ama de casa. Le gusta leer. Poeta o poetisa, escribe sonetos, algunos potables. Su escritor preferido es Luis Rogelio Nogueras, alias Wichy El Rojo (en una pared de su cuarto, caligrafió esta estrofa suya: *qué importan los versos que escribiré después / ahora cierra los ojos y bésame / carne de madrigal / deja que palpe el relámpago de tus piernas / para cuando tenga que evocarlas en el papel. / Cruza entera por mi garganta*). MBF es menudita, manuable, batalladora en la intimidad. Parece prejuiciosa, pero de eso nada, monada. Me encanta su suave habanería. Sabe escuchar. Dócil y altanera, le arrebata que la bese en la oreja. Parentela: Una hija grandecita, a la cual se ha entregado por entero, aun a costa de su propia felicidad. Última Dirección: Calle 11, no. 734, Apartamento L, sexto piso (con elevador). Contra esquina de la posada de 11 y 24, lo cual no facilita los encuentros, como pudiera pensarse, porque teme que las vecinas la sorprendan en el brinco. Último Encuentro: Nos vimos en una lectura de poemas en el Centro Alejo Carpentier. Estaban Raúl Rivero, Marilyn Bobes y Eliseo Alberto, entre otros. Me despedí de ella con un beso en la frente. Hablamos de mil cosas, bebimos té en el portal del restaurante El Patio y, al despedirnos, la sentí temblar. Amante Inicial: Abdul Simbel. Estado o Deterioro Actual de la Relación: Aceptable, pues nos separamos de mutuo acuerdo. Ella había decidido regresar con el padre de la niña. Luego supe que le fue mal (¡ah!, segundas partes) y debe de haber vuelto a su anterior condición. Observaciones Finales: Última carta de mi baraja, Mercedes es una mujer comprensiva. La relación, siempre cómoda, pudo haber durado mucho tiempo, sólo que en estos terrenos hasta la estabilidad es riesgosa. Tal vez debería borrarla de la lista. Tengo dudas. Creo que sabe mucho de mí. ¿Me extañas, Huesitos?

—Sí —dijo Mercedes.

Abdul Simbel acababa de recitar un discurso casi idéntico al de Julieta, con las variantes de rigor (más el añadido de los primeros versos de *Ama al cisne salvaje*, bello poema de El Rojo: *No intentes posar tus manos sobre su inocente cuello, hasta la más suave caricia le parecería el brutal manejo del verdugo*) y apenas le dio tiempo para respirar profundo cuando Huesitos Betancourt ya había aceptado la propuesta de irse a vivir al departamento del naviero libanés. La respuesta cayó de punta, como un rayo.

—Sí, mi cielo. Busco unas maletas en casa de mi hija, que vive cerca, y regreso enseguida. Me voy contigo al fin del mundo, Abdul Simbel.

Mercedes todavía se demoró cinco minutos en salir por las maletas. Revoloteaba por la sala como un colibrí extraviado y no encontraba las llaves de la casa aunque el llavero estaba sobre la mesa del comedor; tampoco sus espejuelos, que le colgaban de un cordel, al cuello.

—¡Mi paraguas!

—No va a llover, Huesitos —dijo Simbel de mala gana.

—¿Y si sí?

El paraguas colgaba en el picaporte de la puerta. Al último momento, Mercedes decidió cambiarse la blusa y los zapatos, luego la saya por un pantalón, y cuando parecía lista, en un arranque de inspiración se soltó el pelo, hasta entonces entubado en una alcantarilla de rolos. Lino y Abdul la seguían con la mirada, en silencio, más sorprendidos que atentos. Era un palito de dientes. Menos arrugada que Julieta, pero también más carniseca, la poetisa aún emanaba destellos de ese "no sé qué, no me preguntes" que Arístides Antúnez había llamado una "suave habanería". Pisaba bonito. Sus gestos, su manera de manotear como si tuviera pegamento entre los dedos, resultaban asombrosamente expresivos. Sin ser guapa, era inimitable —y tal singularidad, para Lino, le daba muchos puntos a favor. A pesar de la esmerada atención que Julieta Cañizares había dado a su humilde persona, no sabía a cuál de las dos preferir, en el supuesto remoto que tuviera derecho a elegir alguna. No se valían comparaciones: cada mujer con lo suyo.

—No me demoro, cielo —dijo Mercedes. En una mano, llevaba el paraguas; en la otra, blandía un bolso de tela como una banderita cubana—. ¡Ah!, el elevador no funciona...

Abdul esperó a que dejara de oírse el chancleteo de Mercedes, escaleras abajo. Larry saltó del butacón.

—Huyamos —ordenó.

—¡Pero si dijo que sí! Eso buscabas...

—Qué burro eres, Mago. No entiendes un carajo. De lo que se trata es de que te digan que no... Si acepta, se acabó la ilusión. ¿Qué hago yo con este Huesito en casa? Ni ella ni nadie me aguantaría una semana. Además, dijo que sí muy rápido. La conozco bien. ¿No se te hace sospechoso?

—¿No será que te ama, Larry?

—Esto no es asunto de amor, sino de soledades.

Los dos compinches bajaron los seis pisos de Mercedes, escalón tras escalón. Para vencer los dos últimos tramos, Larry se deslizó por el barandal, a horcajadas.

—Te vas a desnucar —dijo Lino.

Atardecía. Lino y Larry se sentaron en el malecón, torcidos de la risa. Tanto era el retortijo del carcajeo que se les revolvió el estómago. Tumbados sobre el muro, bocabajos, de cara al mar, desembucharon una papilla de papa, huevo y mostaza, restos de la merienda que maceraban en la panza desde la fiesta de Tomasito. Así los encontró Ismael, espumando jugos gástricos.

—Coño, los ando buscando por todo el Vedado. Me imaginé que andarían comiendo gofio en el malecón.

—¡Gofio! Pregúntale al Mago qué le dio de merendar Julieta Mamirriqui Cañizares —dijo Larry entre eufóricos jajajás.

—¡Miel de abeja, mi cielo, juguito de caña! —exclamó Lino.

—Ustedes están borrachos o qué... Hoy comemos en Gringo Viejo, con Sofía y su mamá. Vamos para que se den un baño —dijo Ismael.

—No me baño —protestó Larry.

—Te bañas porque te bañas —dijo Ismael.

—¿Me amenazas?

—Por supuesto que sí.

—Okei, sólo quería saber.

—Debo pasar por casa —dijo Lino—. Desde ayer no saben de mí...

—¿Y crees que les preocupa mucho? —dijo Larry.

—Eres un cerdo, tío.

Larry se acomodó en la parrilla trasera de la bicicleta, Lino en el caballo, de ladito, e Ismael comenzó a pedalear con sumo esfuerzo. Los dos viejos emulaban entre sí, a ver quién eructaba más alto.

—Buen fondillo, Méndez Antúnez —dijo Larry por mortificar, al sujetarse a la cadera de su sobrino.

—No me hagas cosquillas, viejo buga —protestó Ismael.

—Atiende el timón, coño, y déjate querer...

Lino disfrutaba del paseo y de la brisa —mientras se mordía los labios, buscando bajo el gustillo de la mostaza, el sabor a guarapo de su tercera mujer.

Frituras de malanga, arroz banco, frijoles negros, escalopes de cerdo para unos y pollo asado para otros, plátanos maduros fritos, yuca con mojo, ensalada de lechuga, unas cervezas heladas, pan sin mantequilla. Constanza identificó a Lino Catalá a la altura de los casquitos de guayaba. Cuando lo conoció, en el velorio de Maruja Sánchez, ella aún no sabía que esperaba una hija de Rumen Blagojev, el búlgaro que supuestamente había muerto en un parque de Miramar pero que en verdad había sido su amante durante siete amaneceres. Esa noche, en el paladar Gringo Viejo, su Sofía acababa de anunciarles que a mediados del año siguiente se casaría con Ismael Méndez Antúnez, y fue justo en el momento que se dio cuenta que este Lino Catalá era aquel Lino Catalá que el 24 de noviembre de 1978 le había acompañado en la noche más pesada de su juventud. Las dudas de Constanza se aclararon ante el rotundo axioma de que nada o casi nada resulta casual en este mundo de círculos y espirales, atajos y laberintos, donde (digan lo que digan incrédulos o cínicos) la única o mejor razón para vivir es, ella lo supo, las ganas de vivir. ¿Por qué se entregó a Rumen si no lo quería a él, sino a un muchacho de Matanzas que, si mal no recuerda, se llamaba Ricardo, Ricardo Proenza o Ricardo Carranza, acaso Ricardo Pimentel? ¿Por qué aceptó dormir con un extraño siete noches de noviembre? Porque estaba escrito en las líneas de su mano que un cuarto de siglo después su hija, fruto de esa semana de amores sin amor, le confesaría que por culpa del sobrino de Larry Po, su irreflexivo novio, el mala cabeza de Ismael, ese loco que le daba de comer casquitos de guayaba con su propio tenedor sin miedo a parecer picúo, por culpa de ese ciclista suicida que ni de chiripa respetaba la luz de un semáforo, ahora ella estaba obligada a aguantarse la alegría en la boca del estómago, como quien traga aire, pues bastaba un voltio más de felicidad para que le estallara el corazón como un siquitraque. Constanza alzó la copa:

—Por la casualidad —brindó.

—Por Sofía e Ismael, que van a pagar la cuenta —propuso Larry.

Cinco copas en el aire.

—Ya no eres pelirroja: te queda bien el castaño —dijo Lino.

Constanza sonrió:

—Eres poco observador, querido amigo. De joven, me pintaba de rojo. Este castaño es mi color. Me alegra verte. ¡Casi somos de la familia! Ya nos vamos. Sabe Dios cuándo llegaremos a Párraga.

—¡Las vueltas que da el mundo, muchacha!

—Las vueltas que da el mundo son las mismas para todos.

—¿No se marean en este planetario carrusel? —terció Larry.

Ismael pagó la cuenta. Antes de irse, dejó en el bolsillo de su tío Arístides un billete de veinte dólares.

—Tómense un añejo en mi honor —dijo.

—Mejor una botella de vino. Nadie en esta isla, nadie bebe vino que no sea de moscatel. La plata alcanza para un buen tinto, chileno —dijo Larry.

—Chileno... o búlgaro —dijo Sofía.

Sólo había un Cabernet argentino de 10 dólares. Cuando Constanza, Sofía e Ismael dejaron el paladar, Lino miró a Larry a través de la copa.

—Falta mi brindis —dijo en tono desafiante.

Larry aceptó el desafío.

—Suéltalo. ¿Qué te pasa?

—No me pasa: me sucede...

—¿Y esa guapería?

—Llevo pensando mucho tiempo en este momento, Larry.

—Desde que nos conocimos en la cola del periódico, el día que le regalé el tambor a Totó... ¿No es cierto?

—Brindo por Marujita —dijo Lino. Hizo una pausa—: La cantante de filin... La que tenía una voz privilegiada... Lástima que fumara como una chimenea...

—Por tu mujer —dijo Larry y se apuró el trago.

—¿Dónde la oíste cantar?

—En el callejón de Hammel. No es lo que tú piensas.

—Nunca fuimos al callejón de Hammel.

—Tú no, ella sí. Con Rosa Rosales.

—¿Por qué no me dijo? —se preguntó Lino en voz baja.

—Es tarde para plantearse esa duda.

—Me la llevo haciendo veinticinco años. Acaba de pasar el aniversario de su muerte... Y olvidé la fecha.

—Tal vez necesitaba que fuese así... Maruja se cambiaba de piel.

—No te hagas el sueco, Larry.

—Si quieres hablar, hablamos, Lino. Aunque no me parece que sea el mejor momento.

—Cuál es el mejor momento... Cuéntame. Se recostaba al piano, con una copa de crema de menta en la mano, ¿verdad?... Un chal sobre los hombros...

—¿La viste alguna vez?

—Ella me lo dijo, la noche antes de morir. También repitió las palabras de Abdul Simbel, sin darle crédito. “Para algunos, lo peor de la vida es que no se acaba nunca”. Fuiste tú.

—No. Fue Maruja. Te mentí. Lo dijo en el Cuerpo de Guardia del Calixto García, la noche...

Lino terminó la frase:

—La noche que se cortó las venas.

—Se hizo una herida leve.

—De tres puntos, Larry.

—No creo que haya querido matarse. Quizá llamar la atención.

—¿Tu atención?

Larry esquivó la pregunta.

—Rosa y yo la llevamos. Rosa se portó como una hermana.

—Rosa, Rosa Rosales... —exclamó Lino.

—Maruja estaba borracha.

—Y triste. Por mi culpa.

—No te culpes, Mago.

—Mi culpa es mía, Arístides Antúnez. No te troques.

—Los dos se equivocaron, tú y ella.

—¡Qué tú sabes! Sírveme más vino...

Larry rellenó las copas.

—Se equivocaron, sí, como se equivocan muchos.

—¿En qué, a ver? No jodas...

—A ustedes les hizo falta jugar.

—¿Jugar?

—Jugar, retozar, divertirse, arriesgar, incluso mentir.

—Ella mintió, y en serio.

—Y tú, ¿nunca le mentiste? No sólo se miente en voz alta. También se miente cuando uno calla.

—Simulacro, la vida es un simulacro. Son palabras tuyas, Larry Po.

—Tampoco es cierto. Lo dice La Lupe en una canción. *La vida es puro teatro... ¡Estudiado simulacro!*

—¿Te la singaste, verdad?

Larry sostuvo la mirada de Lino.

—¿Es importante el dato?

—¡Claro que es importante el dato, idiota!

—Haces trampa, Mago Catalá.

—¿Trampas, yo? ¿Yo o tú? ¡Quién coño hace trampas aquí! ¿Con quién hablo? ¿Con Abdul Simbel, Pierre Mérimée, el doctor Sanpedro? ¿Acaso se acostó con el ingeniero O'Donnel? ¿Con Elizabeth Bruhl?

—Nunca me acosté con ella. Nunca. Pero nunca me lo vas a creer. Nunca. Ni aunque te lo repita mil veces. Esa es la trampa en la que hemos caído los dos. Quieres que diga sí. ¿No? Yo quisiera decir sí, créeme. He conocido a pocas mujeres como ella, óyelo bien. Sin embargo, la respuesta es no. No y no.

—¿Por qué?

—¿Por qué no me acosté con ella?

—Sí.

—Porque no se dejó —dijo Larry.

—Vaya, vaya...

—Porque existías tú.

—Métete tus frasecitas por donde te quepan.

—Porque no se dejó. Porque te amaba demasiado. Porque Maruja era así.

Lino guardó silencio. Larry se encogió.

—Una vez me dijo que tú la querías tanto que...

Lino lo interrumpió.

—Ya. Está bueno ya. Cállate.

— Algún día me creerás.

—Dame tiempo —dijo Lino—: Paga la cuenta. Me voy a casa. Encuentra a Esther. Si no lo haces tú, lo hago yo. Alguien tiene que terminar feliz en esta historia. Vuelve a Arroyo. De algo tendrás que conversar con ella cuando aparezca... Y ese pueblo de mierda, después de todo, es el único tema que ustedes dos comparten.

—No me atrevo.

—Pensé que el cobarde era yo.

Larry jugaba nerviosamente con los cubiertos. Su dedo índice, hacía cantar la copa vacía.

—¿Irías conmigo a Arroyo Naranjo?

—Soy tu espectador, ¿ya lo olvidaste? Dale. Te acompaño. Salimos temprano —dijo Lino.

—¿Seguro?

—Soy un hombre de palabra.

—Me da igual que seas o no un hombre de palabra. Eres mi amigo y sanseacabó —dijo Larry, casi sin voz—. Mi mejor amigo, Mago.

—Olvida el drama, Larry Po —dijo Lino y se puso en pie.

—Alcanza para otra botella, Mago. Embúllate.

—Llama a Huesitos. Debe de andar buscándote, como una loca. Me cayó bien Huesitos...

—¿Y Mamirriqui?

—Mamirriqui "me supo" bien... ¿Cuánto te cobró?

—Ni una peseta.

—Yo sí le di una propina.

Lino regresó caminando a su casa sin pensar en nada ni en nadie. Cuando entró en la sala, oyó que alguien sollozaba. Era un vagido reseco, angustioso. La oscuridad impedía descubrir quién sufría tan recio y profundo. Lino se sentó a su lado, en el sofá. El teniente Rogelio Chang no hizo nada por impedir que el viejo le pusiera una mano en la rodilla. Tampoco le importó saber que sintiera lástima por él. Al saberse acompañado, rompió a llorar sin diques. Lino le estuvo apretando la rodilla hasta que, cuatro horas después, les amaneció encima. Cuando sonaron las campanas para la misa de las siete, cada cual se encaminó a su cuarto. La mañana olía a picuala.

—¡Ay!, Maruja —exclamó Lino ante el retrato de su esposa—: Larry tiene razón, nos faltó jugar. Tenías derecho a tu propio mundo. Incluso a excluirme de él. Era tuyo. Tu sueño. Y yo no hacía nada en el callejón de Hammel. Te hubiera aplaudido en ese bar, rabiosamente, como un admirador más. *Como antes, más que antes, te amaré...* ¿Me acepta una copa, joven? Soy Hugo del Carril: *El día que me quieras, desde el azul del cielo, las estrellas celosas nos mirarán pasar, y un rayo misterioso...* ¡Muchacha, te quise tanto que me gustaba... hasta verte envejecer! Carajo. De tranca. ¡Ay!, Dios... Virgen de Regla, compadécete de mí, de mí... Yo también dejé de decirte muchas cosas, Maruja, Maruja. Te negué mis fantasías. Jamás te dejé entrar en ellas. ¿Sabes qué, flaca? Alguna de esas noches, borrachito como ahora, *antes de que tus labios me confirmaran que me querías*, te hubiera pedido que me pintaras las uñas.

Lunes 8 de diciembre, 2003. La tristeza es una pantera elegante. El miércoles iré a Arroyo Naranjo. Lino me convenció. Tengo el hueso del miedo atorado en la garganta, Ismael. Sé lo que me espera: el vacío. Nadie debería regresar a su juventud —y mucho menos desde la distancia de sesenta años—. Ni el joven que fui ni el pueblo donde viví somos los mismos, ¡vaya descubrimiento! El tejar se desplomó a mediados de los cincuenta, la cartonera se vino abajo a mediados de los sesenta, la laguna se secó a mediados de los setenta, a mediados de los ochenta dejó de pasar el tren de las 4 y 30 y a mediados de los noventa el asilo masónico se redujo a su mínima expresión. Ahora, cruzado el puente del siglo, tu tío Arístides Antúnez va a sumar sus huesos a los derrumbes. El pueblo será el espejo de mis fracasos. Lino lo dice a su manera: hay puertas que no debemos abrir, y no por miedo a lo desconocido, sino por todo lo contrario. "He arribado a semejante conclusión a una edad en la que ciertas verdades sirven de poco, ya que la muerte, aun si se tarda, jamás viene averiguando lo que aprendimos de la vida".

—¿Verás a mamá?

—No creo.

Mi padre (tu abuelo) siempre decía que la vejez era un título de nobleza. Si José Ismael Antúnez hubiera llegado a mi edad tal vez pensaría diferente. Murió joven y sin sufrir, gracias a Dios, un año después del infarto de mamá. "No te esmeres en los cuidados del corazón", recomendaba el viejo a sus compañeros del tejar, "para que estalle a tiempo como un siquitraque: todos reposaremos cuando el corazón se canse. Hagamos factible su merecida holganza". El suyo reventó mientras dormía. Tu abuelo y tu abuela deben de haber sido los últimos muertos que se enterraron en el cementerio de Arroyo: el alfarero del pueblo y "mi muchacha", como él llamaba a su Gabriela, descansan en una tumba de ladrillos rojos, rodeada por una cerquita de hierro.

—Conozco el sitio. Alguna vez fui con mamá.

—Al fondo.

—En la esquinita. ¿Lino te acompañará?

—Eso espero. Quién sabe. Ayer sucedieron muchas cosas. Los días son demasiado largos para los viejos.

—¿Después de la comida? ¿Qué pasó?

—Nada, hijo, cicatrices.

¿Sabes, Ismael, que un chino o una china, de China no de Zanja, celebra su primer cumpleaños el día que llega a los setenta abriles? Desde su nacimiento hasta esa medianoche, durante 25,568 amaneceres (conté los febreros bisiestos) ha estado aprendiendo a ser "digno". Tal acumulación de experiencias, sabias o erráticas, le enseñan a saltar la piedra con la que tantas veces tropezó mientras crecía. Debe someterse a muchos exámenes. Necesita siete décadas para graduarse. Sólo entonces merece apagar la primera vela, ante el beneplácito de su nutrida descendencia. ¿Y qué recibe por regalo? La honra de morir tranquilo. Sin embargo, en nuestra islita sabrosona, epidérmica, irresponsable, los sabios de la tribu la pasamos requetemal. Mucho discurso, mucha alharaca, muchas medallitas, pero míranos en las calles, sobrino, somos los veteranos de esa otra guerra de independencia que llamamos La Vida con mayúsculas para que parezca un concepto de veras importante.

Obsérvanos sentados en los parques diciendo sí, sí, sí con la cabeza, la vista clavada en un punto ciego, eternamente en fuga. Mírala, Ismael. Una vieja más flaca que un fideo, una vieja remendada con alambres, una vieja que fue niña, muchacha, mujer y buena madre, fuma y tose, tose y fuma, fuma y fuma, tose y tose, recostada al marco de la puerta con desgana. Puede estar allí la tarde entera, macerando la lengua entre mordidas desdentadas. Te apuesto una peseta: ¿me crees si te digo que en su juventud ese esperpento malhablado y maldecido bailaba rocanrol como una reina en el Liceo de Marianao? Tiene cara de haberse masturbado pensando en los bombones de Elvis Presley o de Paul Anka. Su decadencia, su fealdad y su ruinera resultan una suerte de venganza: "¿Se olvidaron de mí? ¿Me tiraron pa'la tonga? ¿Ah, sí? ¡Pues jódanse, coño, ahora me aguantan!", dice la vieja, alza su vestido y muestra al vecindario su papaya. Después del arrechucho, vuelve a la calma. Enciende otro cigarro. Clava su vista en ninguna parte. No trates de adivinar hacia dónde mira. A los viejos nos da igual qué está delante. Nos conformamos con migajas. ¿Que exigimos? Un árbol, una sombra, un banquito sin cagadas de palomas. Algunos, como Lino, necesitan una camisa limpia, un camastro, un juego de dominó, un trago de Viña 95, nueve discos de Hugo del Carril; pero a esos ancianos que reclaman antiguas pertenencias les llaman avaros, tacaños, egoístas de mierda, cicateros: váyanse a la mierda, están de más, aquí no los necesitamos. Más bien adéntrate por la cuenca de la mirada, como un catalejo invertido que no amplía el paisaje sino lo reduce y lo aleja hasta dejarlo del tamaño de un garbanzo. En el centro minúsculo de la lente encontrarás la clave, el patético argumento que hace leve los fuetazos de la artritis, menos vergonzosa la descarada roña de las arrugas y acaso pasajera la ausencia de molares —por no mencionar la remota posibilidad de una erección súbita—. Si te fijas bien, Ismaelito, en el epicentro de esa miniatura hallarás un guante y una pelota, una jicotea en una palangana de peltre, una pizarra llena de números o un columpio que se mece solo en el patio arenoso de una iglesia. Atrévete conmigo. Soy una momia inofensiva, una pieza de museo. ¡Ay!, sobrino, tú si puedes: aún eres inocente.

—No digas eso, tío.

—Llega al fondo de mis retinas. No tengas miedo. ¿Qué ves? Coméntame. Descríbelo.

¿Acaso una calle asfaltada donde rebotan las gotas del aguacero mientras un barco de papel que lleva mi nombre comienza a escoriarse a babor en el torrente? ¡Su casco se ablanda, la cubierta cede, no tiene timonel ni tripulantes! Cuánta belleza y perfección encierra el calidoscópico remolino que lo absorbe. La naturaleza no perdona aun si se equivoca: no sabe a ciencia cierta lo que ha hecho ni establece distingos entre las hieleras de los Polos y las pestañas de una vaca. Mi barco nada en la tormenta. Nadie podrá evitar su naufragio, ni el propio Dios pues fue Él quien ordenó que lloviera a cántaros, y la insignificancia descomunal de mi velero no merece la piedad de algún milagro suyo. Te confieso que perdí toda esperanza cuando lo vi hundirse en la cascada brutal de aquel tragante. Sin embargo, resulta que no, no, no, no podemos renunciar al columpio ni a la pizarra ni al guante ni a la pelota, y setenta años después mi barco de papel emerge desde el fondo de la alcantarilla, con una pequeña jicotea a bordo, y flota en el mar de mi siguiente lágrima. ¿De qué te ríes? Soy cursi. Soy un conejo. Asomo el hocico en el filo del bombín. Mejor me voy a dormir al parque. Me arrulla el ruido de la ciudad.

—Dame un abrazo, tío.

—Yo no rindo el sable, Ismael.

—Dame un abrazo.

—Nunca me abrazas.

—Porque la tristeza es una pantera. Tú mismo lo dijiste. Me gustaría acompañarlos en el safari del miércoles.

—¿Sabes por qué no me quito estos tirantes?

¿Sabes por qué aún tengo ganas de equivocarme, de meter la pata? A ti no te guardo secreto: no quiero morirme sin abrazar a Esther. La he buscado debajo de las piedras, en todos los resquicios de las noches, en cada mujer que poseí desde que mi padre me entregó a una puta para que me hiciera hombre entre sus piernas. ¡Qué amable señora, qué misericordioso corderito: me dejó que la llamara Esther, gimió en su nombre! A muchas habaneras amé con los ojos cerrados, imaginándola a ella. La vida se me fue buscando una boca que supiera a mandarina. Por eso me desdoblo, porque así, multiplicado, reparto el dolor o la vergüenza de haberla dejado ir. Tal vez alguno la encuentre. Para eso son los amigos, para que se jodan en las buenas y en las malas. Me piro.

—¿Dónde vas?

—Estaré en el parque.

Me niego a invertir mi catalejo. Dilato La Habana en mi pupila. Un día enfocaré en la lente la imagen de una vieja de setenta años que riega flores en un balcón vacío, una gordiflona maravillosa con el pelo teñido de azul de metileno, y gritaré su nombre por el catalejo como si el catalejo no fuese un catalejo, sino un potente altavoz de hojalata: "¡Miii viiidaaa!...

Totó tocaba el tambor en el portal. ¡Parapán, pan pan!... Ofelia le había pedido a Lino que esa mañana se ocupara de Antonio María, pues ella necesitaba ir al cementerio a llevarle unas flores a Tony, que ese lunes cumplía dieciocho años de muerto. "Regreso en unas dos horas. También le pongo un ramo a tía Maruja", dijo Ofelia al despedirse. Lino mojó un pan duro en la taza de café. Una euforia repentina regía sus acciones, como de enamorado primerizo. Por fin se decidió. Lápiz y libreta en manos, por si tenía que tomar apuntes, se acercó despacio al teléfono y marcó un número. Timbró seis veces antes de que respondiera una voz de mujer:

—Buenas...

—Sí, por favor, ¿es la casa de la señora Esther Rodenas?... No sé si tengo bien el número...

—Soy Esther.

—¿Esther?

—¿Quién habla?

—No me conoces. Soy amigo de un amigo... Arístides Antúnez.

—¿Cómo dices?

—Arístides... Arístides Antúnez. Ustedes se conocieron de niños en el pueblo de Arroyo Naranjo...

—¿En Arroyo? Eso fue hace mil años...

—Cincuenta y siete, para ser preciso...

—Gracias por el dato.

—Arístides te anda buscando...

Totó entraba y salía con su tamborcito, reclamando atención. El lápiz temblaba en la mano de Lino.

—¿Y para qué me quiere... tu amigo Arístides? Yo viví de niña en Arroyo, apenas unos cuatro o cinco meses, cuando mi padre fue a trabajar en el asilo masónico...

—¡Don Guillermo!

—Sí, don Guillermo...

—¿Y cómo está él?

—Murió en el año 1963.

—Lo siento...

Lino guardó silencio.

—No creo que pueda ayudarlo...

—No digas eso, por favor. Arístides sólo quiere pasar a saludarte.

—Tengo mala memoria.

—Era el hijo de José Ismael, el del tejar...

—¡Ah!, sí: había un tejar...

—¡En efecto, quedaba un poco más arriba del puente de Cambó! Arístides me ha contado que a ustedes les gustaba jugar por las líneas del ferrocarril... Había un tren que pasaba a las 4 y 30 de la tarde... Habla de los apeaderos, una barranca, unas cañadas...

—Claro, claro...

—Iban de paseo a una laguna... ¿No es cierto? La laguna de las jicoteas o algo así...

—Arístides —dijo Esther, arrastrando el nombre en un suspiro.

—Ese mismo.

—Había olvidado su nombre. ¡Ha llovido tanto!

—Pues nuestro amigo Arístides es hoy un gran actor de teatro... Ya retirado, pero aún lo llaman a escena...

—Algo de eso me dijo una vez... Que quería ser actor.

—Ha trabajado con estrellas de la talla de Armando Bianchi, Enrique Arredondo...

—Me alegro de que haya podido realizar sus sueños... Me alegro por él...

—Su sueño es encontrarte, Esther.

—¿A mí? Cuando mucho, nos habremos visto cuatro o cinco veces en la vida...

—Treinta y seis días.

—No. Son muchos, qué va. ¿Quién lleva la cuenta?

—Él.

—Entonces, debe de estar loco.

—Como una cafetera...

—No me hagas reír... No fastidies.

—Arístides me dice que por favor te pregunte si puede pasar este sábado a visitarte... Mañana, miércoles, vamos a Arroyo Naranjo...

—Nunca he vuelto a ese pueblo...

—Arístides tampoco...

—¿Por qué no llama él? ¿Es mudo? No me hagas caso, bromeo.

—Está ensayando *Dos viejos pánicos*, una obra muy difícil... ¿Qué le digo? ¿Que sí?

—Que no.

—¡Cómo que no!

—Este sábado no puedo. Cumple años mi nieto Octavio. Estaré fuera hasta el martes que viene. Tengo cuatro hijos y once nietos. Me he casado tres veces. Soy viuda.

—¡Viuda!...

Lino comprendió por el tono de su exclamación que podía resultar un tanto contraproducente y trató de controlar sus emociones.

—Deber de ser difícil sentirse sola —dijo.

Lino se tragó una risita: estaba hablando igual que Larry Po cuando enamoraba a sus "veteranas".

—¡Si te contara! Mejor dejémoslo ahí...

—Larry tiene un sobrino... Lo quiere mucho... Ismael.

—¿Larry? ¿Ismael?

—Quiero decir Arístides... En el barrio le dicen Larry... Ismael es el sobrino que te digo...

—Qué enredo...

—Entonces, ¿sí?

—Déjeme ver. Dile que venga el otro miércoles, cae 17, y nos tomamos un café. Aunque vivo en casa de la yuca, por el Cacahual...

—¡El Cacahual!

Lino no pudo evitar el grito. Esther rió de buena gana. Lino pensó que reía bonito.

—Todos se asustan cuando les doy mi dirección.

—Arístides no se espanta con nada.

—Nunca he conocido un actor... Apunta ahí: calle Gardenia número 14 entre Espinas y Claveles... Reparto Rodenas, Cacahual.

—Vives en un jardín...

—Sí, en un jardín crecido en vicio.

—¿Acaso embrujado?

—Tal vez.

—¿Te da miedo?

—No temo a los fantasmas. Mi padre alcanzó a trazar las calles, pero luego el reparto Rodenas quedó a medio construir. Vivo en una casita blanca, solitaria, en el centro mismo de la calle Gardenia.

—Gracias. Le darás una gran alegría a nuestro amigo.

—¿Y usted cómo se llama?

Lino se quedó en blanco. Quiso ganar terreno con formalidades:

—No me trates de usted, que me haces viejo... —dijo Lino.

—Bueno, ¿cómo te llamas *tú*?

—Eduardo... Eduardo Sanpedro.

—Eduardo, dile a Arístides que aquí lo espero el 17.

—¡Ay!, qué bueno...

—Me da cosa... Apenas me acuerdo de él... A lo mejor...

—Un millón de gracias —dijo Lino, antes de que ella se arrepintiera.

—De qué. Me caíste bien, Eduardo —dijo Esther y colgó.

Lino leyó lo que había apuntado en la libreta (viuda, once nietos, que Larry le llame, miércoles diecisiete, Cacahual, gardenia, 14, espinas, claveles, Octavio, 1963, casa blanca, jardín) y encerró en un círculo las palabras claves. Luego comenzó a dar unos pasos de tango a lo largo del pasillo, como si danzara con un fantasma. Totó dejó de tocar cuando lo vio llegar al portal, hecho un nudo humano. Lino incorporó a su sobrino a la complicada coreografía.

—Totó, vamos a casa de tío Larry...

Y lo jaló por el brazo.

Lo encontraron antes. Larry dormitaba en el parque de Infanta. Se cubría el rostro con la gorra de pelotero. Esa mañana llevaba una camiseta verde botella, unos pantalones color uva y un par de tirantes magentas. Apoyaba sus calcañales en las alpargatas de lona.

—¡La encontré! —gritó Lino.

—Coño, qué susto me has dado... —dijo Larry.

—¡Te digo que la encontré!

—¿A quién? ¿Me perdonaste?

—Cómo que a quién... ¡A Esther! Sí, te perdoné.

Larry palideció.

—No juegues, Lino. Déjame dormir...

—No es juego...

—¡Vaya caray! Deja la bromita. Ni siquiera la conoces.

—He estado media hora hablando con ella por teléfono.

—¿Por teléfono?

—Dice que te espera el miércoles diecisiete en su casa... Vive lejos, por el Cacahual...

—¿Me quieres tomar el pelo? Llevo más de medio siglo buscándola, y ahora resulta que tú la encuentras como por arte de magia... No jeringues. Si no fuera tan patético, hasta me daría gracia... Hay cosas que son sagradas, mi socio.

—Dice que no ha podido olvidarte.

—No me mientas, cabrón... Ya está bueno. Ya está bueno ya.

—Es cierto... Te lo juro por el recuerdo de Maruja.

Larry se calzó sus alpargatas.

—¿Qué más dijo?

—Un montón de cosas. Tiene bonita voz. Por cierto, el viejo don Guillermo murió a principios de los sesenta...

—Me alegro.

—¿Te alegras?

—Don Guillermo nos separó... Bueno, ya no importa...

—¡Viste: yo solito la encontré!

Larry caminó por la acera.

—Llámala por teléfono —dijo Lino.

—Jamás. Está escrito. Llevo cincuenta y siete años ensayando para ese momento: llegaré a la puerta de su casa, toco el timbre, cierro los ojos y espero a que la puerta comience a rechinar... Cuando ella me diga "Arístides", yo abro los ojos y le digo "Esther"... Y ahí continuamos nuestras vidas, juntos... Pero dime, ¿cómo la encontraste? Es un milagro... ¿De veras la encontraste? No jures en vano...

Lino miró a Larry. Guiñó un ojo.

—Así que llevas mucho, muchísimo tiempo buscándola...

—Toda la vida. Noche tras noche. Sin descanso.

Las pupilas de Totó iban de Lino a Larry y de Larry a Lino, como los ojitos de un roedor.

—¿Seguro? —dijo Lino con malicia.

—Seguro. ¡Eh, qué te pasa a ti!... No me gusta ese tonito.

—Olvídalo...

—Dime... —Larry hizo una pausa triste—: ¿Cómo diste con ella?

—Fácil. Facilito.

—No te creo.

Lino abrió los brazos.

—Encontré su nombre y número en la guía telefónica. Rodenas no es un apellido muy común que digamos...

Larry bajó la vista. De algún modo, Totó debe de haber "captado" en el aire que *tío Larry* pasaba por un momento penoso, porque en un gesto de enorme simpleza le ofreció los palillos para que fuese Larry quien martillase bien duro el tambor. Larry agradeció la complicidad del bobo: alzó las baquetas y con gran estilo descargó contra el cuero dos estacazos despiadados.

—¿Gardenia qué?

—Gardenia número 14 —dijo Lino.

Lino contó siete ancianos bajo el paraguas de un árbol frondoso, único consuelo en aquel campito devastado por las demoliciones del olvido. "Se bañan en sombras", dijo. Carente de la gravedad arquitectónica que Larry seguía concediéndole en sus recuerdos, sin muros exteriores, sin arecas ni marpacíficos, al sol de la intemperie, las tres o cuatro casas del asilo masónico dejaban al descubierto su propia decadencia, como cascajos de algún bombardeo. El actor se llevó las manos a la cabeza y trancó la mandíbula para no soltar un improperio que, a falta de un responsable terrenal, hubiese inculpado a Dios: "Me cago en diez", dijo entre dientes. La cartonera también había sido borrada del mapa, a ras de hierba, y donde estuvieron los secaderos de las cartulinas ahora se levantaba un edificio chato y sin gracia que, quizás infundadamente, a Larry le pareció una violación del paisaje. Según lo previsto con anterioridad en el itinerario de la excursión, Lino y Larry bajaron de la guagua en el cruce de calle 100 y Calzada de Bejucal, justo a la altura del asilo y la antigua fábrica de la familia Vasallo, y se adentraron en el pueblo con la idea fija de visitar las doce estaciones de un niño llamado Arístides Antúnez. Por brújula, el magnético imán de la memoria.

—Santo cielo. Hace un siglo que Tú, Señor, no vienes por aquí ni de visita —dijo Larry.

Tal y como él había previsto, el recorrido por Arroyo Naranjo resultó un paseo estéril. Sin embargo, para Lino el pueblo resultaba un oasis atractivo, misterioso; más que las máscaras de la realidad, le atraían los jeroglíficos que se ocultaban tras ellas, lotes de un pasado que a su vez armaban el rompecabezas de la vida de su amigo. No le concedía tanta importancia al deterioro del asilo o al derribo de la cartonera, por ejemplo, como a su evocación sobre el terreno, a su reedificación. La nostalgia también era un hecho concreto, palpable, y a eso habían ido hasta allí: a soplar las ascuas de la melancolía. Llevaban dos panes con tortilla, un termo de limonada y un cuaderno de tapas rojas. Con semejante armamento pretendían cazar a la elegante pantera de la tristeza.

—Aquí vivió Eliseo Diego —dijo Larry frente a una hilera de barrotes oxidados que escondía al fondo un caserón de tejas—: Es Villa Berta.

La finca estaba protegida bajo la cristalina campana de la calma. Los pinos agitaban el ramaje en suave balanceo, como si protestaran por su actual destino. Larry echó a andar con los ojos entrecerrados. Lino lo tomó del brazo, lazarillo. Al atravesar el centenario puente de Cambó, el comediante se recostó en la punta del barandal de hierro y apoyó la cabeza en sus nudillos. Se veía frágil, quebradizo. Oraba desde el estómago un salmo profano. Abajo, el barranco. La línea del tren. En lo que el comediante dejaba asentar su pesadumbre, Lino buscó la escalera que conducía al apeadero donde Larry había visto por primera vez al mendigo Mérimée, pero la maleza se había tragado los escalones de cemento y no se atrevió a desafiar la enmarañada pendiente. *Desde mi puesto de observación vi que Abdul Mérimée ascendía como culebra por la escalerita de piedras que llevaba al apeadero de Cambó. Asomó la cabeza a ras de tierra, justo en la esquina del barandal de hierro, miró a derecha y a izquierda, hizo una pantomima de payaso, y se dejó rodar escalones abajo, dando vueltas de carnero...*

El mediodía los sorprendió en el parque de la iglesia. En esta escala del recorrido, Lino se mantuvo al margen y dejó que Larry rastreara el escenario rincón por rincón, como sabueso que sigue la pista de un aroma. El actor bojeó el templo, asomándose en cada ventana. Consagrada a San Antonio de Padua, la modesta, pero esbelta iglesia de cruz latina, casi gótica, se levantaba en el centro mismo de la plaza con estampa de flamenco; la cresta del campanario remataba el cuello de una torre solitaria que hacía más cerrado el ángulo de la techumbre a dos aguas que tapaba la nave y el coro. Sobre el pararrayos de la aguja se había posado una paloma rabiche. Lino oyó piar pichones desde los nidos que los pájaros tejieron en los contrafuertes laterales; un panal de comején echaba raíces en la junta de la pared y un arbolante de corto vuelo. "Ese es el principio del fin: el comején es una boca sin fondo. Se tragará la iglesia", dijo. Entretanto, Larry se dejaba invadir por sucesivas remembranzas. Cortó un ramillete de césped y lo frotó entre sus manos para despertarle olores, raspó la puerta de la sacristía como si quisiera decirle a la madera que allí estaba, cincuenta y siete años después de haberla atravesado por última vez, que había vuelto el hijo pródigo, que por amor lo perdonase. El actor hablaba solo. Murmullos. De pronto, abrió los brazos en cruz y se abrazó a la pared. Lino vio que acariciaba el muro con la mejilla. Lo besaba, mimoso. Alzado en punta de pie, estiró los brazos como si quisiera abarcar el mayor espacio posible. El amor es ósmosis. Contacto. Lino escuchaba la respiración de su amigo. Las sombras se movieron y una cuña oscura, de ángulos apenas suficientes, protegió a Larry del implacable sol del mediodía. Así estuvo un rato, totalmente entregado, hasta que se despidió del templo con un frentazo. Al fondo encontró un columpio roto, una canal deslenguada y la balanza de un cachumbambé donde *la niña de la serenidad* jugaba, invisible, con *la niña de la fatiga*. Sentado en el estribo del subibaja, Larry se fue del mundo por una hora. Lino lo esperó pacientemente, entretenido en echar a la basura las hojas secas de un almácigo que el viento peloteaba por los corredores del parque.

La travesía. Cuando pasaron frente al viejo emplazamiento del tejar, Larry se animó un poco. Escarbó la tierra entre los arbustos y mostró al linotipista un trozo de ladrillo.

—Se acabó lo que se daba —dijo Larry y lanzó el ladrillo.

—¿Seguimos? —dijo Lino.

—Para luego es tarde.

Los dos amigos se adentraron por callecitas estrechas, al parecer sin rumbo fijo. En una esquina cualquiera, Larry se escondió tras la espalda de Lino.

—¡Dios mío! —dijo asustado.

—¿Qué pasa?

—¿Ves a aquella muchacha, la canosa?

—No es ninguna muchacha, Larry.

—¡Mi hermana!

—¡Gabriela! ¿Qué hacemos?

—Nada. Espera. Es ella. Espera a que se vaya.

Gabriela entró en el jardín de una casa. Larry fue hasta la esquina y se recostó en un árbol. Encendió un Popular. El cigarro temblaba entre sus dedos. Lino le preguntó desde lejos:

—¿Estás seguro de que era Gabriela?

—No estoy seguro de nada, Lino.

—Se veía bien...

—¿Sí?

—Se veía sana, quiero decir... Háblame de ella. Tal vez te haga bien.

—No.

—Qué terco, coño.

—La terca es ella.

—Si ya vinimos hasta aquí, y si Gabriela se cruzó en nuestro camino, creo que debes saludarla, al menos. Es tu sangre, Larry... Te juro que yo daría el brazo derecho a cambio tal de tener una hermana... Una hermana Testigo de Jehová, Adventista del Séptimo Día o un hermano dirigente, ladrón de vacas, lo que sea... Debe ser lindo.

Larry apagó el cigarro con la suela de sus zapatos.

—Pasamos a ver a papá y nos vamos al carajo.

—Como quieras, Larry, como quieras... Allá tú. Yo no me meto.

La puerta del cementerio estaba cerrada con cadenas. La hierba crecía en vicio por lo que no se alcanzaba a ver la tumba de los Antúnez. Dos angelitos de yeso hacían equilibrios sobre un pedestal de concreto. Dos querubines aburridos. Larry comentó que aquel cementerio era en verdad un cementerio de cementerios, sepultura de sepulturas: "vertedero o necrópolis sacramental de la amnesia", dijo. Las cruces de hierro habían perdido la verticalidad con el ablandamiento de los sepulcros y parecían banderillas en el lomo de un toro de lidia.

—Larry, ¿tienes fotos tuyas de niño?

—Qué muertos se ven mis muertos —sentenció Larry.

Los amigos se sentaron a descansar un rato, recostados en el muro del camposanto. Lino sacó de una bolsa los dos panes con tortilla y destapó el termo de limonada. Merendaron en silencio.

—Gabriela se quedó con las fotos.

—¿Te conté que Vladimir y Valentina se han ido de la casa? —dijo Lino para romper el afónico pesimismo de Larry con un tema que condujera la conversación hacia reflexiones menos siniestras.

—No sabía.

—El campamento quebró de la noche a la mañana. Vladimir decidió vivir con su novia en casa de la yuca, y Valentina aceptó una propuesta de trabajo en Varadero. Hicieron bien. Voy a extrañarlos. ¡Ellos me hacían sentir tan viejo!

—¿Lo planearon?

—Supongo que sí, como buenos jimaguas. Cuando Dolores supo que la decisión de sus hijos era en firme, ayer mismo se marchó a su provincia... Me dio un abrazo.

—La taciturna Dolores.

—La taciturna Dolores —repitió Lino.

—¿Y el soldado Chang?

—Quince minutos después de haberse ido Dolores, corrió tras ella rumbo a Las Tunas.

—Casi un final feliz —dijo Larry sin mucha convicción—: Qué pena me dan los tenientes derrotados. ¡Ay!, Gabriela... No le cuentes a Ismael.

—Soy una tumba —dijo Lino y sonrió—: Aquella, aquella tumbita, la que está junto a la mata de coco... No le digo ni jota a Ismael.

El viento acudió a la cita y los viejos se quedaron dormidos espalda contra espalda. Los despertó el atardecer. No se contaron los sueños. Echaron a andar por la Calzada de Capdevila como vagabundos que se adentran en un oscuro pasadizo de la noche.

—Deben pensar que somos un par de muertos —dijo Lino.

Larry le puso la mano en el hombro.

—Eres mi vara, mi apoyo, mi callado, mi socio.

—Deja la descarga —dijo Lino.

—Está bien, sí: dejo la descarga.

Ya habían avanzado un par de kilómetros a paso de elefante cuando un automóvil color lenteja se detuvo junto a ellos con un chillar de gomas. En el asiento trasero reposaba un chelo. El chofer abrió la puerta y dijo en español enrevesado:

—Suban, abuelos, Hristo los lleva.

—¿Hristo? —dijo Larry.

—Hristo, sí. Soy músico. Búlgaro.

—Gracias —dijo Lino.

El automóvil color lenteja se perdió en lo oscuro. Larry volteó la cara para despedirse de Arroyo Naranjo. Coló la mirada entre Lino y el chelo. Una pantera trotaba tras ellos con atlética elegancia.

El chelo gemía una nota en cada bache. Lino miraba de reojo a Larry, que iba en el asiento delantero sospechosamente callado, la gorra entre las manos, como si nada le interesase más que olvidar la paliza de esa tarde inútil. Hristo, por el contrario, no paraba de hablar por un teléfono móvil; de pronto reía, luego dejaba una pausa entre frase y frase para continuar su monólogo con renovado optimismo, ahora en un tono de voz meloso, romántico, tan evidente que Lino llegó a la conclusión de que el amable extranjero avanzaba seguro hacia la conquista de una noche gozosa. "Un tártaro ñoño es un espectáculo de circo", pensó. En el sentido cabal de la palabra, no había conocido a ningún búlgaro con anterioridad, si se descuenta al que compartiera capillas vecinas con Maruja, veinticinco años atrás, aquella larga noche en que Constanza le contó muchos episodios ocurrentes menos la verdad de que esperaba un hijo de un extraño llamado Rumen Blagojev. Lino dedicó un par de minutos en la evocación del difunto. ¿Había un tercer servicio funerario? Sí. Un joven chino-mulato. Recordó su foto, atravesada con un listón morado, al frente de una silenciosa procesión. Larry o La Lupe tenían razón: la vida era un simulacro. Una suma de simulacros. Lino cerró el botón superior de su camisa.

—Hace frialdad —dijo.

Larry asintió con la cabeza y siguió dándole vueltas a la gorra, entre sus manos. Entretanto, Hristo ametrallaba una ráfaga de besos en su teléfono móvil, antes de colgar y poner fin a la plática. Lino fue corriéndose a lo largo del asiento trasero, con sentaditas breves, hasta colocarse junto al chelo, a espaldas del conductor, una posición idónea para observar a su amigo desde un ángulo más propicio. En su español precario, Hristo consultó a Larry si el bar El Gato Tuerto era el que estaba casi contra esquina del hotel Nacional, "a orillas del malecón". Lino respondió con un estornudo afirmativo.

Lino desistió de la idea de quebrar el mutismo de Larry con comentarios acerca de los subibajas del termómetro o la inminente invasión de un frente frío. Sería llover sobre mojado. Estaba exhausto. Le dolía cada hueso del esqueleto, en especial los de las extremidades. El recorrido por Arroyo Naranjo le había sacado a flote achaques propios de un escribano sedentario que durante muchísimo tiempo le venía pidiendo permiso a un pie para avanzar el otro, así que acabó por comprender que, ante la indiferencia de su amigo, lo mejor sería entregarse a los mimos del aire que entraba con fuerza por la ventanilla. Veinte minutos después, llegaron a la esquina de las calles L y 23.

—Usted es muy amable. No es fácil encontrar gente así —dijo Larry y dio las gracias al búlgaro.

Hristo tuvo que atender una nueva llamada telefónica y se despidió con un batir de manos. En la acera, Lino seguía medio turulato.

—Espabílate —dijo Larry.

—No sé qué me pasó. Me dormí allá por la Fuente de Paulina.

—Roncabas desde mucho antes.

—¿Sí? Qué pena. La verdad es que estaba muerto de cansancio.

—¿Estabas o estás?

—Estoy —dijo Lino.

—Te acompaño a tu casa —dijo Larry.

Lino y Larry caminaron Rampa abajo, a contrapelo del torrente humano que ese miércoles rodaba o ascendía por la céntrica arteria de la capital. Se percibía en la piel una atmósfera preñada de humedad, antesala del probable arribo de un frente frío, tan frecuentes en los brevísimos inviernos de la isla. Cada año, al llegar diciembre, los habaneros y las habaneras aprovechaban el menor bajón de temperatura para reestrenar abrigos: el suéter de cuello de tortuga con olor a naftalina, por ejemplo, o el gabán de ancha solapa, el *pardesú* del abuelo, las medias de lana, los botines de peluche, la chaqueta de mezclilla y la ligera gabardina, prendas que habían veraneado doce meses a la espera de que un Norte anunciase el momento de salir de paseo. La ciudad cambia de ropaje y hasta el faro del Castillo del Morro, austero vigilante de la bahía, anuda bufanda en su cementado cuello de jirafa.

Larry siguió callado durante la caminata. Los arreos de los tirantes le colgaban de la cintura.

—Ahora soy yo quien está cansado —dijo por fin Larry.

Lino agarró los tirantes y tiró de ellos, como un arriero que jala su mula por un paso difícil.

—Yo te arrastro.

Larry se dejó arrastrar hasta la casa, unos doce metros adelante.

—¿Por qué no entras? Sólo están Ofelia y Totó.

Larry reacomodó sus tirantes.

—Es tarde. Debo poner en orden mis cosas...

—No has abierto la boca en toda la tarde. Te conozco, mascarita.

—Nadie me conoce como tú. Me siento un poco mejor, pero igual me voy a la cama —dijo. Hizo una pausa—: Ese Arroyo no es mi Arroyo.

—Lo sé. ¿Por qué no te acercaste a tu hermana?

Larry no soltó prenda.

—Qué linda la iglesia, ¿verdad? —dijo.

—No has mencionado el nombre de Esther...

—¿Seguro? Tengo la impresión de haber estado hablando de ella todo el santo día.

—De cualquier forma, cazamos la pantera.

—Quién sabe. Es una fiera astuta. Mamá hacía unas tortillas de papas deliciosas.

—Me faltaron las papas —dijo Lino.

—Rica limonada.

—¿Un café?

Larry negó con la cabeza.

—Tengo que prepararme. No sé ni qué ropa ponerme. ¿Esther se fijará en los detalles?

—Yo te acompaño al Cacahual.

—Esta vez, no.

—¿Por qué?

—Debo ir solo.

Larry miró a los ojos de Lino. Sólo un gran pintor pudiera reproducir el esmalte de aquellas córneas vidriadas.

—Hace años que estoy pensando en el encuentro con Esther —dijo Larry y alzó las cejas graciosamente—: Si sale mal, como es probable, no quiero que sea ante testigos... Así, podré mentirte a mi regreso.

En ese momento comenzó a enloquecer el viento.

—¿Nos vemos en la cola del periódico?

Larry y Lino se abrazaron.

—¿Qué pasa, viejito?

Por respuesta, Larry torció el cuello para darle un beso en la mejilla y como Lino también intentó el mismo gesto, sus labios se rozaron en un contacto tan ingenuo como torpe, injustamente breve.

—Dios te bendiga, mi socio —dijo Larry y cruzó su dedo índice sobre la boca de Lino, ordenando silencio.

Sin más palabras, echó a andar calle abajo. De pronto, y como si quisiera deshacerse del encordado del melodrama, el viejo maromero comenzó a mover el esqueleto.

—*La mujer de Antonio camina así...* —tarareaba entre caderazos graciosos. Siempre de espaldas, alzó la rodilla derecha en exagerada maniobra y trató de dar un brinco de canguro, esta vez sin la habilidad de antes.

Una ráfaga le tumbó la gorra de un manotazo. El azar le hizo llegar a las manos del linotipista.

—Hasta mañana... —grito Lino al atraparla.

Cuando Larry se perdió de vista entre los coches, Lino se encasquetó la gorra hasta las cejas, y aún más abajo de las cejas, pues quería ocultar sus ojos por temor a que algún vecino chismoso lo estuviese espiando y después se pusiera a contar por todo el barrio que ese 10 de diciembre del año 2003, a las 11 en punto de la noche, él, Lino Catalá, el viudo de Maruja Sánchez, había hecho pucheros en plena calle —aunque el vecino desconociera que eran quejas de adoración las que él pujaba.

Lino entró en la casa, abanicándose con la gorra.

—¡Parapán pan pan!... ¡Parapán pan pan!... —cantaba.

Totó se asomó a la puerta de su cuarto, convocado por los redobles de esa marcha tan querida.

—¿Parapán, abuelo? —dijo.

—¡Parapán, sobrino!...

—¿Parapán pan pan?

—¡Parapán pan pan!

Lino le lanzó la gorra —que planeó suavemente por el corredor del pasillo hasta posarse en la cabeza del bobo.

La calle 23. Larry necesitaba caminar. Había incumplido la promesa de no regresar a Arroyo Naranjo. Un mandamiento de la dramaturgia enseña que si el círculo del drama se cierra en el punto exacto en que había comenzado a redondearse, la perfecta circunferencia de esa estructura nos anuncia el final, quizá dos o tres cuadros adelante. Larry se enfrentó a las rachas del Norte. Avanzaba un par de pasos, retrocedía, aceptaba el desafío. "Abuelo, vas a salir volando, muchacho", le dijo una jovencita que lamía un helado en el portal del cine La Rampa. Larry aprovechó que los ganchos del vendaval lo doblaban en un arco para responderle con una reverencia de fina cortesía. Por un instante tuvo la impresión de que la joven era idéntica a Elizabeth Bruhl. Se sentó en un quicio. La gente pasaba. Rótulas, piernas, cinturas, tobillos, muslos, pantorrillas. ¿No son esos los botines sin cordones de Abdul Simbel, los zapatos a dos tonos del ingeniero Benito O'Donnel? Aquel hombre cojea como Plácido. "No puede ser, carajo", exclamó, y volvió a la carga: "Tengo que llegar a casa, tengo que lograrlo. Vamos, Arístides".

El ventarrón abofeteó su cara. Dos enamorados parecían esquiar por el asfalto de la Calle 23, sujetos al bastón de un inflado paraguas. "¡Pierre Mérimée, Rafaela Tomey!", dijo entre dientes, "¡Llévenme con ustedes!". De pronto sintió fatiga y le dieron ganas de vomitar. Un extraño escalofrío recorrió sus nervios. Le faltaba el aire. Buscó refugio en el segundo escalón de un oscuro edificio de oficinas. "¡Qué coño me pasa, doctor Sanpedro!", exclamó. "Yo me llamo Arístides Antúnez, yo me llamo Arístides Antúnez, yo me llamo Arístides Antúnez, hijo de José Ismael y de Gabriela, hermano de Gabriela, tío de Ismael, actor cómico, de carácter, compañero de Armando Bianchi y Consuelito Vidal, protegido de un acuarelista francés muerto entre lechugas, amigo del linotipista Lino, mi hermano, mi hermanito, también llamado El Mago Catalá, yo soy Arístides Antúnez, yo soy Arístides Antúnez, novio de por vida de Esther Rodenas, la hija de don Guillermo Rodenas, constructor de asilos... Gardenia número 14... ¡Ayúdenme! Gardenia número 14 entre Espinas y Claveles!". Había comenzado a delirar.

—Gardenia número 14 entre Espinas y Claveles...

Un perro ladraba. Hecho un ovillo, Arístides Antúnez hundió su rostro entre las rodillas y enlazó las piernas en un nudo de brazos. ¡El tren de las 4 y 30! La Habana retumbaba con el traquetear de una locomotora invisible. "Te advertí: tanta belleza te va a costar caro", escuchó Arístides. Era la voz del mendigo que él había visto de niño en el apeadero de Llansó, el día que Esther abandonó el pueblo. Ladridos. Arístides abrió los ojos y vio una mano extendida a una cuarta de su cara. Abdul Mérimée fumaba un cabito de cigarro. No había envejecido una arruga en cincuenta y siete años. Lo escoltaban cuatro perros carmelitas. "Guardé el cabito. Termínatelo". Arístides le dio una cachada profunda. Soltó humo. El humo atravesó al mendigo. "¿Escuchaste lo último que te grité aquella tarde, en el apeadero? Estabas asustado. Te dije que tanta belleza te va a costar caro... y añadí: "¡pero valdrá la pena!". Vamos. Levántate. Ahí viene el tren y tú tienes muchos pendientes en casa". Arístides Antúnez se afincó en aquella mano de aire puro, aferrado al garfio de sus impalpables dedos, se incorporó de un salto y echó a correr entre la multitud, impulsado por el aullar de los perros. Dobló la esquina de la 23 e Infanta con estilo de patinador. La paz.

La paz. Aquí no chiflaba la ventolera. No había un alma en la calle: sólo se oían voces. Arístides respiró. Los faroles del alumbrado público pintaban perfectos charcos de luz sobre el asfalto. La Habana era un teatro. Una frase cazada al vuelo llamó su atención.

—¿No te da rabia que se te olviden las aspirinas?

—Mucha rabia, señora. Con las jaquecas que me dan... ¿Sabe una cosa? Siempre me doy cuenta de que se me olvidan las aspirinas en un lugar donde no venden aspirinas...

Arístides identificó a las mujeres que conversaban de balcón a balcón. No eran Lala y Lola ni Lula y Lala ni Lola y Lula, como pensó en primera instancia, sino Lina y Cacha, los personajes de *Siempre se olvida algo*, de Virgilio Piñera.

—*Y aquí está el palmacristi. Y el mentol. Y el elixir paregórico. Y aquí está. Y el guayacol. Y la belladona. ¡Pero las aspirinas no están! ¡Socorro! ¡Socorro!*

—*Señora, señora, ¿qué le pasa?*

En la terraza de al lado, sucedía esta escena de *Aire frío*:

—*Debes entrar en razón. Esta casa es muy chica para velar a nadie.*

—*¿Chica? Ni que fuéramos gente de sociedad... ¿Acaso ignoras que nadie nos visita?*

—*Parece mentira que mamá no pueda tener siquiera ese consuelo.*

Arístides exclamó desde la calle:

—*¡Carajo! ¿Acabarán de decirme qué pasa?*

¿Qué pasaba? Que en cada ventana, en cada terraza, en cada balcón, los vecinos representaban obras de Virgilio.

—*Cuando yo sea grande me voy a casar con Lili y me voy a poner un traje de vaquero. Y voy a ser Supermán y voy a tener un perro así...*

—*¡Está bueno ya, viejo cretino! ¿Piensas pasarte la noche haciéndote el niñito? Me voy a poner un traje de vaquero y voy a ser Supermán y que si el perro... ¡Idiota!*

—*Pero, Tota, todo era tan lindo. Parecía verdad.*

—*Vuelve a tu materia. Mírate: hueso y pellejo. Vamos, Tabito, acuéstate... Duérmete cretino, duérmete mi horror, duérmete pedazo de mi corazón...*

—*Tota, ¿qué vamos a comer mañana?*

—*Carne con miedo, mi amor, carne con miedo.*

Un ágil Arístides Antúnez subió a saltos la escalera y llegó a la sala. En ese momento, desde la iglesia de Infanta comenzaron a escucharse doce lentas campanadas. A la primera, Arístides fregó tres platos sucios que de seguro Ismael había dejado en la cocina y guardó las cazuelas, ya relucientes, en el horno del fogón; a la segunda, acomodó en sus carátulas los discos de Sinatra y vació los ceniceros en la basura; a la tercera campanada trapeó el comedor de punta a punta con la frazada impregnada de creolina; a la cuarta, enderezó los cuadros de las paredes (su Porto, sus dos Víctor, su Mijares) y le pasó un paño al florero sin reparar en el hecho de que los claveles marchitos reverdecieron en cuanto él se dirigió a su cuarto; a la quinta, tendió la cama con una manta de retazos y sacó del archivero metálico los documentos que su sobrino necesitaría para los trámites del entierro y de la herencia con el propósito de dejarlos sobre la almohada, en un lugar visible, siempre fue un hombre precavido: a la sexta campanada, trago en mano, sin camisa, los tirantes sobre los hombros desnudos, abrió un libro de Virgilio y leyó al azar: *¿Mañana será otro día, Tota? Sí, Tabo, otro día y otra noche más... Y el telón empezará a cerrarse muy lentamente*; a la séptima, preparó un arroz con pollo por si Ismael y Sofía llegaban con hambre al rato (él sabía por experiencia propia que después de hacer el amor no hay nada como despacharse un cubo de arroz con pollo, de pie y de preferencia con cuchara); a la octava, frió a la carrera unas frituritas de malanga y dejó en el refrigerador una enorme jarra de champola, repleta de hielos; a la novena campanada, al comprobar satisfecho que la casa estaba en perfecto orden, consideró que se había ganado el derecho a fumarse un cigarrito en el balcón; a la décima, vio que su vecina, la mismísima Electra Garrigó, se asomaba desnuda en la ventana de enfrente y, luego de un simpático cruce de muecas, ella le ofrecía sus tetas como mameyes en bandeja, en clara invitación a que matara su antojo; a la onceava, Arístides le siguió el juego a la negra y, al extender su brazo para tentar los pezones, comprobó que levitaba tres, cuatro, cinco cuartas sobre el suelo; a la duodécima campanada salió volando.

Poco antes de la medianoche de aquel miércoles 10 de diciembre, un policía que daba su ronda por la calle 23 encontró a un viejo dormido en un escalón, a la entrada de un oscuro edificio de oficinas. Al querer despertarlo, con una leve sacudida, el cuerpo perdió el equilibrio y quedó en posición fetal sobre el peldaño. En el Cuerpo de Guardia del hospital Calixto García revisaron con calma sus documentos personales y encontraron un número de teléfono y un nombre en diminutivo, sin apellido. Amanecía. A esa hora, Ismaelito desayunaba de pie un plato de arroz con pollo y unas frituras de malanga. Se disponía a beberse de un tirón la jarra de champola que su tío le había dejado en el refrigerador, cuando sonó el timbre del teléfono. Ismael respondió con la boca llena. Un forense del hospital le contó lo sucedido, según la versión del policía, y le pidió que fuera cuanto antes a reconocer el cadáver.

Y yo fui.

Llamadme Ismael.

1

Sean felices. Jueguen.
A. A.

Soy Ismael. Perdónenme esta irrupción, pocas páginas antes de que termine la novela. Si han llegado hasta aquí, coincidirán conmigo en que Larry Po y Lino Catalá merecen un homenaje sin simulacros. Por ello me animo a asomar el hocico como conejo al filo del bombín (son palabras de mi cursi tío). Larry me enseñó a no tenerle miedo a la soberbia y Lino a no temerle a la humildad. En prueba de aprendizaje, revelo mi presencia con altanera modestia. Quiero contar de propia voz lo que sucedió a partir del momento en que supe que Larry estaba tendido sobre una camilla metálica del Calixto García. Tengo derecho a llorar en esta novela. Nadie amaba a Arístides Antúnez como yo, con perdón de Lino.

Los empleados del hospital fueron sumamente cordiales. Creo que las enfermeras se impresionaron al calibrar el tamaño de mi estupor. ¿Qué hace un muchacho cuando muere su ídolo y no tiene a quién pedirle ayuda o consuelo? Para colmo, Larry dibujaba en su cara una expresión tan placentera que parecía suplicar que lo dejaran durmiendo sobre la camilla, cubierto de pies a cabeza bajo una sábana verde con rosetones de almidón. La causa del fallecimiento no dejaba la menor duda: paro respiratorio, infarto masivo. Supongo que su fantasma no le concedería demasiada importancia a su callejero descenso porque para él no había mejor escenario que ese teatro del absurdo llamado La Habana, único proscenio donde pudo ejecutar sus piruetas. Arístides Antúnez era un cómico mañoso, un tremendo tarambana.

Yo fui cómplice de sus picardías. Nunca me atreví a decirle lo que pensaba de sus prácticas donjuanescas, pues era un divertimento que a nadie hacía daño. Sin embargo, la noche del velorio (luego contaré la anécdota en detalle) un diálogo casual reavivó una duda que, para mí, colocaba el asunto en un plano diferente: ¿las muchas mujeres de mi tío le creyeron realmente las dramatizaciones de sus dobles? ¿No será que ellas toleraron al maletero Larry Po o al doctor Sanpedro o al libanés Abdul porque también necesitaban entregarse en cuerpo y alma a un amante fantasioso, excéntrico, de cubanísima rareza, para así escapar un rato de eso que en esta novela hemos llamado "el horror de la mediocridad"? ¿Aceptaron participar en un juego de incitaciones porque les otorgaba a cada una la posibilidad de desenvolverse en terrenos más glamorosos de la realidad? Rafaela Tomey, por ejemplo, ¿se llamaba en verdad Rafaela Tomey? La noche que Sanpedro fue a visitarla, ¿no habrá fingido demencia para cobrarle al doctor una inconmensurable deuda de traiciones? Estos cuestionamientos, lejos de minimizar los esfuerzos amatorios de tío, quizá los engrandezcan, pues la suma de estafas recíprocas convertiría "la farsa Antúnez" en una obra de creación colectiva. El *Cuaderno rojo*, ¿no estará contándonos apenas una cara de la historia? ¿Larry no habrá perdido cuando supuso que ganaba? Quién sabe. Es cosa de ellos. En cualquier caso, mi dios seguía siendo un seductor.

2

Un seductor empedernido. En cuatro horas cortas de muerto, Arístides se había echado en un bolsillo al cuerpo médico. Doctores y enfermeras hablaban de él con admiración, casi idolatría, como si cada uno de los que lo rodeaban quisiera apropiarse de aquel espantapájaros de tirantes que alguien dejó tirado en la escalerita de un edificio de oficinas. Una psicóloga cincuentona, en funciones de trabajadora social, prometió que me ayudaría en los trámites burocráticos. Yo me puse en sus manos. En su consultorio, mientras ella coordinaba los pormenores del sepelio, trabado el teléfono entre el cuello y el hombro derecho, yo me atreví a comentarle que mi tío había sido un extraordinario actor, amigo de Armando Bianchi, Enrique Santiesteban, Consuelito Vidal, Cepero Brito, por lo cual merecería una despedida acorde a su jerarquía artística. Sin duda, los ilustres apellidos que me saqué de la manga deben de haberla impresionado. "En ese caso, es un compatriota célebre, y esa condición agilizará el papeleo. Su cara se me hacía conocida", dijo. "Tío perteneció al Tercio Táctico de San Nicolás del Peladero, y peleó contra las hordas liberales", se me ocurrió añadir para avalar mi engaño. Tanto tiempo junto a Larry me había convertido en un notable mentiroso. "Ya decía yo: entonces, su pariente estuvo a las órdenes del sargento Arencibia, el esposo de Aurorita Basnuevo", comentó la psicóloga. "En efecto: fue tío quien encarceló a Montelongo Cañongo, durante la guerrita de 1916", dije con visible emoción, y el disparatado diálogo ganó en credibilidad. Por un instante, imaginé a Larry muerto de risa bajo el sudario de la sábana. Le estoy profundamente agradecido a la psicóloga: de no haber sido por su solidaridad, buen humor y eficiencia, yo habría salido corriendo del hospital.

3

El cuerpo de Arístides Antúnez llegaría a la funeraria de Calzada y K sobre las dos de la tarde y el entierro quedó fijado para la mañana del siguiente día. Contaba con cuatro horas para ordenar mi confusión. Tío era el primer muerto que yo cargaba sobre los hombros. No tenía ni la menor idea de la existencia o no de algún panteón familiar. La psicóloga me recomendó que buscara ropa limpia para vestir el cadáver, pues la que traía a la hora "del suceso" se había ensuciado con la lógica manipulación del cuerpo. Mi mente, prácticamente en blanco, sólo alcanzaba a visualizar el ropero de Larry y hasta gracia me dio imaginar su ajuar de disfraces, ninguno apropiado para asomarse a la vidriera de un ataúd. Tal vez debería de dejar mi cabeza así, borrada de signos de interrogación, hasta compartir responsabilidades con segundas o terceras personas, más hábiles que yo. El problema volvía a ser idéntico: ¿en qué hombro me apoyaba? "¡Ay!, tío... ¿De qué sirvió tu inventario de mujeres si ninguna de ellas está aquí con nosotros?", me dije. Desde un teléfono público, llamé a Sofía y le puse al tanto. Le pedí que me esperara en casa. "Cuenta conmigo, amor", dijo. Su sangre fría me devolvió el aliento. Le propuse adelantar la boda y casarnos ya, pero ya, en la capilla donde velaban a Larry. La amarraría a la pata de mi cama para siempre. Diga lo que diga Larry, a los Antúnez nos doman mujeres fuertes. Lo nuestro es puro paripé. Jamás había amado tanto a Sofía como esa mañana, cuando colgué el auricular y me sentí un náufrago que se tumba bocabajo sobre la arena de una playa desierta. En un rapto de lucidez, creí obligatorio avisarle a mamá pero al marcar dos números en el disco telefónico, un escalofrío me convirtió en estatua. Para Gabriela, su hermano Arístides había muerto un montón de años atrás. La conozco bien: tomaría el dato como una divina confirmación de su sentencia. En medio de un maremoto de incertidumbres, decidí ir a ver a Lino Catalá.

4

Una melodía revoloteaba en mi cabeza sin que yo pudiera silenciar en mi oído profundo su insoportable sonsonete: *La mujer de Antonio camina así...* ¡Deja de cantar, tío, no jeringues! Durante los veinte minutos que demoré en llegar a casa del linotipista, repasé mis siete años junto a Arístides Antúnez y su legión de tenorios. Era la primera vez que recorría La Habana con la intranquilidad de saber que Larry no me esperaría en casa para contarme los capítulos de la interminable telenovela de sus amores, y me reproché no haberle aprendido cómo se prepara una champola o qué debo hacer para que el arroz con pollo quede ensopado sin que el grano permanezca crudo. En esa ocasión la ciudad no me resultó un sitio hostil, sino más bien un espacio a escala humana donde convivían seres como Lino Catalá, el tímido impresor que siempre prefirió estar a la sombra de ese mismo resplandor que a otros cegaba, entre ellos a mí. La ciudad irradiaba una luminosidad que yo había demorado en apreciar. Me sentí portátil, me creí trivial. El odio es una piedra de hielo. Y yo odiaba esta isla infectada de dogmas y discursos huecos, esta mesa redonda donde los petulantes se apropian de mi palabra y creen tener la verdad cogida por los huevos: en doce millones de paisanos, con doce cotorras que hablen, basta. La política me producía salpullido y me indigestaba el sustantivo patria. Por mucho tiempo desprecié la isla y desconfié de todos. Decidí irme del país como sea, a nado, en un papalote. No se trataba de renunciar a la minúscula independencia que había conseguido, manteniéndome al margen de los acontecimientos, buenos o malos, qué más da; tampoco de engañarme hasta el punto de aceptar como real la faramalla: un extra de la televisión y un linotipista recatado hicieron trizas mi escepticismo. Lo que aprendí de ellos resultaba tan escueto como un refrán: el amor no espera nada a cambio.

Arístides había rastreado a Esther por más de medio siglo, y durante la búsqueda la idolatró por sus santos cojones. Nunca se permitió la traición de que pasara un día sin evocar su recuerdo, sin alucinarla; por su parte, ella jamás se enteró que un niño anciano la husmeaba por la ciudad como un sabueso extraviado que hociquea el camino a casa. "¿Dónde estará mi amor esta mañana, qué planes tiene para la tarde? ¿Acaso le dolerá una muela? ¿Tendrá asma? ¿Anoche fue al cine? ¿Al cine Yara o al Riviera? ¿Le gustarán los macarrones? ¿Y las sardinas, el arenque, las minutas de merluza, perfectamente empanizadas? ¿Cómo será su pijama? ¿Dormirá con medias? ¿Se afeitará las piernas? ¿Quién será su confidente?", decía Arístides, mientras chiflaba el humo del cigarro por las troneras nasales. ¿Se puede amar a alguien que te amó y ya no te ama? Se puede. No es obligación, pero se puede. Hay muchas Esther en muchas partes.

A unos cien metros de casa de Lino dejé la acera y ocupé el lomo de la calle; entonces, doblé cuatro dedos de mi mano derecha, dejando erecto el del medio, y me puse a cantar *La mujer de Antonio protesta así... Cuando va al mercado, cuando va a la plaza, protesta así...* ¡Aguántenme! Tal fue la lección de Arístides. Cuba, esa Cuba que yo desatendía por despecho, esa Cuba embrujada e iracunda; esa Cuba cruel y devota, esa Cuba justa, poderosa y frágil, pecadora, culpable, ingenua, valiente y cobarde, esta Cuba de todos y de nadie, Cuba, sería mi Esther. La buscaría en el puño de mi mano, en el fondo de mis pupilas, en el aire que aspiro y expiro, aunque ella nunca se entere que la amo y se me vaya media vida deseándola.

5

Totó repicaba su tambor en el jardín de la casa. Lino venía por la calle, con una tonga de periódicos bajo el brazo. Me reconoció a la distancia. Pobre viejo: se detuvo en seco. La expresión de su cara me lanzó una pregunta que yo supe interpretar al vuelo. Jamás había visto tanta alarma en una mirada. Tuve la impresión de que comenzaba a temblar. Yo asentí con una descolgada de cabeza y dejé el mentón clavado entre las clavículas, sin atreverme a enfrentarlo. Sabía que algo se le desbarataba a Lino por dentro. Cuando alcé la frente, estaba sentado en el quicio de la acera, con el rostro escondido en la gorrita de Larry. Lo dejé llorar. Me dejé llorar, recostado en un poste de la luz, con falsa indiferencia. Lloraba desde las tripas, y lloraba por Larry, por Lino y por mí. También por mamá. Si yo hubiera escapado de este país, tío habría ido a parar a la morgue, a la espera de que algún pariente reclamara el cuerpo; luego de un par de meses en el congelador, de seguro lo habrían conducido hasta los depósitos de la escuela de Medicina, envuelto en una bolsa de hule negro. Al abrirle el pecho con una sierra los futuros cardiólogos hubiesen descubierto que aquel vagabundo tenía un corazón enorme. Me dije: ¿y si Larry hubiera preferido ese final, en vez de descomponerse en el fondo de una fosa hasta convertirse en un montoncito de ceniza que tomaría la forma de un ladrillo, un ladrillo colocado entre decenas de ladrillos en un inhóspito muro? Quién quita que a ese viejo faldero le atrajera la posibilidad de ser toqueteado por alguna estudiante. ¡La satería era lo suyo!

Una mancha de orines ganaba tela en el pantalón de Lino. Coloqué mi zapato entre los suyos para hacerle sentir mi presencia. El viejo se abrazó a mis piernas. Gemía. Lo ayudé a escalar poco a poco por mis muslos hasta acurrucarlo en el pecho. "Ay, sobrino", dijo: "necesito darme un bañito. Estoy todo meado. Espérame. Le digo a Ofelia que cuele un poco de café". Yo acababa de perder un tío y ahora tenía otro delante. Nada: que nací para ser sobrino. El bobo debió de entender que algo grave sucedía porque dejó de tocar el tambor, trotó hacia su abuelo como un pony y lo jaló por una trabilla del cinturón, para ponerlo en pie. Así lo condujo hasta la casa. Yo recogí los periódicos, dispersos en la calle. Doblado de cintura, sostenido por el garfio de Totó, el viejo me indicaba que lo siguiera con un debilucho aletear de dedos.

6

Dejaré la casa arreglada, la cocina limpia, la cama tendida, los papeles en regla y me fumaré el último cigarro en el balcón, hasta el cabito. La previsión de Arístides, sin duda, facilitó las cosas. Lo último que hizo, tal vez minutos antes de que Lino y él partieran de excursión a Arroyo Naranjo, fue compaginar su vida. Sofía encontró sobre la cama una carpeta con documentos. En la carátula, tío nos dejaba indicaciones precisas "en caso de que me toque ir echando". Entre contratos que avalaban su trayectoria artística y decenas de comprobantes (pago de luz, teléfono, agua), hallamos la propiedad de una tumba en el cementerio Colón, a nombre de la familia Gutiérrez Alomá, sin otro huésped comprobable que mi bisabuela materna. Fue Lino quien reparó en el perfecto orden que reinaba en la casa. Ese miércoles, Larry debió de haberse levantado muy temprano porque si no cómo pudo alcanzarle el tiempo para ordenar los discos de Sinatra y trapear la sala con creolina y freír las frituritas de malanga y sacarle el jugo a una guanábana, por no contar el delicioso arroz con pollo que yo me desayuné en la mañana.

Lino pidió ir al baño.

Sofía y yo revisábamos los papeles en la sala cuando Lino regresó con un saco en la mano. Colgado de un clavo del baño, en un perchero de madera, había encontrado ese traje azul, a rayas, más una camisa de algodón, los tirantes amarillos y una corbata color entero. El doctor Sanpedro presumía a ratos una elegancia extrema. En los bolsillos del saco, dos alpargatas y una nota:

"Elijo este lechuguino conjunto. Pónganme las alpargatas sin medias: total, en la caja no se ven las patas".

El féretro fue expuesto en la capilla a la hora prevista. Debo confesar que me dolió el hecho de que el velorio transcurriera tan tranquilo: tío hubiera preferido un poco de algarabía. A lo largo de la tarde fueron llegando conocidos a cuentagotas. Ofelia y Totó estuvieron apenas unos minutos: era la primera vez que el bobo pisaba una funeraria. La madre se disculpó. Los Martínez, Mario y Josefa, pasaron como a las siete, una hora antes que Lula, vestida de riguroso luto, quien lo hizo en representación de sus hermanas. A medianoche llegó Constanza con un ramo de claveles para Lino. Ellos se sentaron en dos sillones, un tanto alejados. Se habían conocido veinticinco años antes, en una situación igual de dolorosa, y supongo que habrán evocado aquella noche. ¿Ella le contaría la verdadera historia de "mi suegro", el enigmático Rumen Blagojev? Clareaba la mañana cuando hizo su aparición una señora flaquita que Lino recibió con un abrazo. Me dio curiosidad y con disimulo me acerqué para escuchar de qué hablaban. Al cazar el nombre de Mercedes "Huesitos" Betancourt supe que se trataba de una de las amantes que tío había inventariado en su cuaderno, "la de la voz nasal". Lo sorprendente no era tanto el que ella se hubiese enterado, quién sabe cómo, de la muerte de Larry Po; lo curioso, me dije, es que estuviera en los funerales de "otro hombre" llamado Arístides Antúnez. Pronto tuve respuesta. Reproduzco el diálogo.

—¿Por qué no me esperaron? —dijo ella.

—¡Ay!, Huesitos. Abdul quiso ir a comprarte unas flores... —dijo Lino.

—Me demoré porque mi hija no estaba y yo no sabía dónde guardaba las maletas...

—Abdul te quería tanto...

—Yo también quería a Arístides...

Hasta mi tío debe de haberse alarmado en su ataúd.

—¿Sabías que no se llamaba Abdul Simbel? —dijo Lino.

—Lo sabía todo. Una vez, mientras tu amigo dormía en mi cama, le revisé la cartera y vi su carnet de identidad...

Decidí que lo mejor sería seguirle el juego. Yo lo amaba a él, fuera quien fuera...

—Qué cosa. Eres un ángel, Huesitos...

—Lino... ¿Te llamas Lino, verdad?

—Lino Catalá...

—No sé si hacerte esta pregunta. Qué vas a pensar... Es una bobería, una tontera mía...

—Te escucho...

—Yo me pregunto, Lino, si después de lo que pasó entre nosotros, entre Abdul y yo quiero decir, me explico, tú estabas allí, si después de la visita de ustedes el otro día, cuando yo acepté irme a vivir con él sin preguntarle nada de nada... ¿tú crees, Lino, que yo tenga derecho a considerarme su viuda?

—Por supuesto, Huesitos —dijo Lino y le dio un abrazo.

La viuda se robó el show. Estuvo de guardia junto al ataúd, la mano derecha sobre la caja, en la izquierda un misal de nácar, el rostro cubierto bajo un velo negro, solitaria, centinela, custodia, hasta que el cortejo partió a las ocho en punto de la mañana. Yo tenía previsto leer en el cementerio el texto que tío había escrito para despedirse de nosotros, los suyos, anticipándose a cualquier improvisación, pero al ver la desnutrida concurrencia se me trancó la mandíbula. Sofía me arrebató el papel de las manos y leyó fragmentos dispersos, una oración de aquí, una oración de allá, para aligerar el discurso: *¡Todos a escena! Abdul Simbel, Benito O'Donnel, Pierre Mérimée, Eduardo Sanpedro, Lucas Vasallo, Plácido Gutiérrez, Elizabeth Bruhl, Larry Po... No teman. Acá los dejo, en la inmortalidad de esta página. Sean felices. Jueguen. Diviértanse...*

Cuando los sepultureros sellaron la tumba del gran Arístides Antúnez, Lino y Huesitos se quedaron acomodando las coronas de flores. Constanza, Sofía y quien les habla nos alejamos por la callejuela del cementerio —yo sin fuerzas, insignificante, aliquebrado en medio de ellas dos—. Lo dijo tío: la añoranza es un estorbo y la nostalgia, tremenda calamidad.

Búrlense de mí.

7

Dos días después, domingo, dejé en casa de Lino el cuaderno de tapas rojas de Arístides y una bolsa con la mejor ropa de Larry: cuatro o cinco pantalones salvables, incluido el de rombos blanquinegros, algún pulóver, seis camisas de salir, una capa de agua con estilo de gabardina, su fosforescente colección de tirantes y la chaqueta de uno de los Hermanos del Bosque (vestuario de la puesta en escena de Robin Hood), más unas alpargatas que a tío le quedaban grandes. A Lino quizá le vendría bien aquella herencia, en verdad raquítica si la comparamos con el vigoroso cariño que ellos se habían regalado mutuamente, en sesenta días de amistad sin límites. Además, ambos tenían pareja estatura y similar corpulencia, a lo que habría que añadir que El Mago Catalá siempre usaba las mismas camisitas (la verde, la azul y la guayabera color crema que llevaba puesta en el velorio de Larry). Sofía y yo habíamos decidido mudarnos enseguida para el cuarto de tío, en un segundo enterramiento sin duda triste pero justo, pues si nosotros íbamos a vivir como pareja una historia propia (apelo a argumentos de Arístides Antúnez) resultaba obligatoria la demolición de aquel santuario con vistas a inaugurar cuanto antes nuestro exclusivo paraíso, con serpientes, bicicletas, cuadros de amigos y manzanos.

—Gracias, sobrino —me dijo Lino al aceptar la ropa.

—¿Cómo te sientes, más calmado?

Por respuesta, Lino se echó la bolsa al hombro y regresó a su cuarto, en el patio del fondo. Iba hojeando el cuaderno de tío, como quien revisa un pergamino encontrado en una botella. Nunca más volví a verlo. ¿O sí?

8

Setenta y dos horas después, Ofelia y Totó tocaron a la puerta de casa. Los atendió mi novia. Dormía la mañana. El bobo lloriqueaba. Ofelia quería preguntarnos si Lino había pasado a vernos. A partir de mi visita, su tío se había comportado de una manera inusual.

—Hoy, por ejemplo, lo vi salir del cuarto de Rogelio y Dolores y entrar en el de Vladimir, como si anduviese buscando a alguien. Luego se sentó en la cocina y me ayudó a pelar los boniatos del almuerzo. Fue muy cariñoso conmigo: jamás me había dicho palabras tan lindas, de gratitud. Me habló de Tony, que en paz descanse, y recordó sus deliciosos canelones de jamón.

Minutos más tarde, Ofelia dice haber oído gritos en el traspatio. Se asomó a la ventana y presenció el momento en que Lino se subía a caballo sobre los hombros de Totó. El muchacho corcoveaba jocoso, mientras el viejo le daba fuetazos con una gorrita de pelotero. El rodeo terminó cuando jinete y corcel cayeron a la par sobre un pastizal de risas. Yo me sumé a la conversación, medio dormido.

—¿Falta algo en la casa? —dijo Sofía.

Totó respiraba profundo.

—Todo. Fui a ofrecerle un cafecito y el cuarto estaba pelado. Cero camisas, cero zapatos. Un reguero tremendo. También se llevó las fotos de tía Maruja y el ejemplar de la revista *Orígenes* que guardaba en el armario de la sala. ¡Y sus pomitos de medicina! Por favor, si saben algo, me avisan.

—Tú tranquila, Ofelia. De lo malo, uno se entera enseguida. Estamos pendientes —dijo Sofía, y los acompañó hasta la escalera.

Yo me lavaba la cara en la cocina.

—Pobre mujer.

—Ahí hay moña. Tremenda intriga.

—Parece un trapito de cocina.

Sofía abrió las puertas del balcón y se recostó al barandal. Me encantó ver su silueta perfecta, cubanísima, recortada a contraluz como una sombra chinesca. "¡Qué buen culo tiene mi novia!", pensé.

—¿Qué día es hoy? —me preguntó Sofía.

—Miércoles diecisiete de diciembre.

—Ven, mira, apúrate —dijo ella.

Yo me pegué a su espalda. Sofía señaló con la mano hacia un punto distante. Mi mirada rodó desde su hombro derecho por la pasarela de su brazo, hasta tomar impulso en el trampolín de su dedo índice, que entonces apuntaba hacia el cruce de San Lázaro e Infanta.

—Fíjate en el señor de la mochila —dijo Sofía.

Alcancé a verlo tres segundos. Un hombre con una mochila al hombro atravesaba San Lázaro de esquina a esquina, en zigzagueante diagonal. Parecía perdido, desorientado. Llevaba gorra de pelotero, un pulóver amarillo y un pantalón de rombos blanquinegros que sujetaban unos tirantes fosforescentes. Miró a derecha y a izquierda hasta que, en un abrir y cerrar de ojos, enderezó el rumbo y se filtró en las sombras de un portal.

—Esa es la intriga, mi amor: la novela continúa —dijo Sofía.

La novela.

Lino Catalá decidió que él era quien había muerto. A partir de esa revelación, sería para siempre Larry Po. Desde el domingo anterior, la bolsa con la ropa de su amigo permanecía cerrada sobre una silla del cuarto y Lino se dijo que ya iba siendo hora de acomodarla en el escaparate. Los tirantes se habían trabado en un botón de la gabardina y tuvo que tirar con fuerza para liberarlos. Vencida la resistencia, la inercia del brusco movimiento le hizo perder el equilibrio y fue dando tumbos hasta caer en la cama, luego de un giro peligroso. Un accidente tan pequeño bastó para devastarlo, entre sacudidas de taquicardia. Bocabajo, turulato, las piernas escarranchadas, la frente sobre el puño de la mano izquierda, a Lino lo asaltó un ataque de hipo, señal de que contra su voluntad aún seguía vivo. El aliento entibió la sábana.

Rara vez tenía conciencia de su respiración, pero ese miércoles de diciembre todo adquiría un significado confuso —confuso el bombear de sus pulmones y confuso el accionar de sus extremidades al raer y raer y raer las costuras del colchón con las uñas de los pies—. El silencio sopló fragancias de picuala. Carihundido en la almohada, Lino pensó en el trozo de techo que durante muchísimos años cubrió su cuerpo mientras dormía y se dio cuenta que recordaba sus manchas de humedad y los abstractos caprichos del yeso. Así, allí, sentenció la resurrección de un amigo. ¿Quién podría condenar a un don nadie como él, un viudo tímido que había vivido siempre en la misma casa, la de sus padres, aferrado a las tablas de salvación de dos o tres recuerdos memorables? Muy pocos notarían su ausencia. La idea de que él, Lino Catalá, por fin había muerto, de que terminaron sus miedos a la vida, le llegó al parejo con la convicción de que no dejaba nada pendiente. Esa mañana era, sin duda, una buena fecha para cerrar la puerta de una vez.

La timidez del linotipista era más fuerte que su cortesía. Lino dio la vuelta a la casa por el pasillo exterior. Acariciaba fugazmente los arbustos como quien palmea el lomo de un caballo. Se sentía lacio y se dio el chance de transparentarse en un suspiro. Las nubes se aglomeraban en la plaza del cielo, sobreponiéndose unas sobre otras. Recogió un puñado de picualas y arrancó hojas secas en el cantero del jardín. No era él quien se comportaba tan ridículamente, sino ese otro Lino que rara vez se atrevió a deambular por la realidad y que aquella mañana usurpaba su lugar, con tranquila gracia. Llamémoslo El Mago, un cuidadoso jardinero de buenas manos para mimar las rosas. Allí lo dejó, en cuclillas, removiendo la tierra con una paleta metálica. Canturreaba un tema de Sarita Montiel. El viejo Lino apenas conocía al suave Mago porque habían dejado de buscarse, de tratar de comprenderse, pocos días antes de la boda con Maruja, pero, sin duda, extrañaría su fineza exagerada, los sueños que le propuso alguna que otra noche. En honor de aquellas inocentes perversidades se permitiría el derecho a pensar en él de tarde en tarde —no sin cierta pena por los dos, de igual a igual desabrigados—. Aún lo oía canturrear cuando llegó al portal. Todo parecía de estreno, incluso el vetusto sillón que, mojado por el mercurio del rocío, se balanceaba al roce del aire. Entró en la sala. Y comenzó realmente su fuga.

La mirada se posó en cada objeto, calculando a vuelo de pájaro el tiempo que llevaba ahí con humildad: los jarrones que Rogelio había traído desde el lejano Uzbekistán, las matruscas rusas (bebé, hija, madre, abuela, bisabuela, tatarabuela) con sus trajes típicos y todavía brillantes, el reloj sin manecillas, sus nueve discos de Hugo del Carril y una pirámide de los retratos en la pared del fondo. Maruja y Tony en lo alto. Allí estaba el inventario de su vida. Tampoco había mucho de qué envanecerse. Qué desastre. Observó los muebles avergonzados de sus tapicerías, los almohadones de terciopelo con la celulitis de los rellenos emergentes, la mesa del centro, el cojo butacón, el mudo y sordo tocadiscos RCA Víctor, la sillita de Totó y el armario, su caja fuerte, donde guardaba el ejemplar de la revista *Orígenes*, abierto sobre el atril en una página cualquiera. No llevaría ningún recuerdo de su pasado —salvo esa publicación, forrada en celofán: la trabó al cinto, puñal y pergamino—. La sala no olía a acetona, pero él aspiró desde la memoria ese bálsamo misterioso.

Ofelia trajinaba en la cocina y Totó relinchaba por ahí. Lino debía apurar el paso: el tiempo era oro y el camino, largo. Entró en el cuarto matrimonial mas no se fijó demasiado, acaso cerró los ojos pues allí nada evocaba los veinticinco años que lo habían ocupado Maruja y él. Luego pasó por los dormitorios de Vladimir y Valentina, a quienes hubiera deseado decirles que el hecho de no haber simpatizado no significaba que no los adorara; siempre estuvo pendiente de ellos, cerca de ellos, junto a ellos. Así es la vida. Y peor. Ante la contundencia de un cadáver, suele suceder que a los dolientes les queda la pena amarga de no haberle confesado al difunto cuánto lo amaban. La espina de esa congoja se atraviesa en la garganta y se siente ahogo. "A los muertos también nos pasa", pensó Lino y dijo en voz baja: "Sean felices, hijos". En el cuarto de Vladimir, bajo el cristal de la mesita de noche, encontró una foto en blanco y negro que Ofelia les había tomado durante una visita al zoológico de La Habana: en la imagen, algo movida por el mal pulso de la fotógrafa, él y los jimaguas posan ante la jaula de un orangután de Borneo. Lino quiso robarse la foto pero estaba pegada al cristal y temió romperla. No le quedó más remedio que duplicarla en su retina para no renunciar a la idea de que, en algún momento, ellos tres habían pasado un día en el paraíso. Abrió la ventana. El dormitorio olía a humedad. Por la radio de Moisés cantaba Polito Ibáñez.

La casa iba clausurándose a su paso. Se tapiaba. Por último conversó con Ofelia en la cocina y como si no quisiera le dio las gracias, unas gracias sinceras, trabajosas y tartamudas. La mesa era la misma en la que Maruja se había rendido un veinticuatro de noviembre de 1978, recostada la frente en el brazo derecho, más dormida que muerta ante el exprimidor de naranjas donde había extraído el jugo a una toronja. Sobre la mesa, la azucarera de plata, medio llena con caramelos baratos. Si él no expresó con claridad su profunda gratitud hacia esa mujer que había estado a su lado más tiempo que nadie fue porque en algún momento del diálogo creyó ver un susto muy grave en la cara de su sobrina política y tuvo miedo de ser descubierto: la sabía sagaz e inteligente.

—Cuídate, sobrina, ya no quedan cubanitas como tú.

—¿A ti qué mosca te ha picado? —preguntó Ofelia, sorprendida.

—¿Y Totó?

Totó estaba en el traspatio, jugando a ser caballo.

Lino cabalgó un rato sobre los hombros de Totó hasta que ambos cayeron al suelo tras un corcoveo riesgoso. Entonces fingió dolor, disuelto entre carcajadas, con lo cual consiguió diluir sus lágrimas tras el escudo del tristísimo retozo.

—Pórtate bien...

—¿Te vas? ¿No me llevas?

—Tú siempre estarás conmigo. ¡Arre, Totó!

Totó se lanzó al galope por el pasillo, nalgueándose de mano.

Una vez en su cuarto, Lino se vistió con el ajuar de Larry, bien ajustados los tirantes. Las alpargatas le calzaron a la medida: "Qué bueno, menos mal, me espera tremenda caminata". Guardó en una mochila la ropa del actor, a la que sumó su guayabera cremita, las dos camisas presentables, sus tres pares de zapatos.

—¡Allá va eso! —gritó para darse ánimo y abandonó su vida sin volver la vista atrás—. Pero dos minutos después regresó sobre sus pasos y buscó el cuaderno de tapas rojas, la bitácora de Arístides Antúnez sin la cual no llegaría a ninguna parte. Lo había olvidado en el baño. Así descubrió que debía descargar el inodoro. La pila goteaba. Recogió una toalla del suelo y echó en la mochila su cepillo de dientes, un peine, una máquina de afeitar, dos pomitos de pastillas y sus tijeras de siempre. Durante estas acciones rutinarias evitó verse ante el espejo. Prometió que nunca regresaría a casa y que aprendería a jugar, respetando a la letra los principios del comediante.

La Habana también tenía sus reglas y, sin remedio, tendría que violarlas a cuenta y riesgo. Luego vería cómo arreglaba sus papeles. En esa islita *más verde que las palmas* los estrictos controles policíacos no dejan mucho margen de maniobra. Tarde o temprano, tendría que asumir de nueva cuenta su identidad real, pero juró que sería Lino Catalá por muy breves, contadísimos, instantes. Los cubanos estamos acostumbrados a la libertad condicional. Nunca ha sido fácil escaparse de una cárcel. Cuando se sintiera seguro, en nido ajeno, seguramente buscaría la manera de explicarles a Ofelia o a Dolores los motivos de su abrupta desaparición y les diría su paradero, por supuesto, sin descartar la posibilidad de recoger algunas pertenencias, las más queridas. Totó iba a dolerle. Los que padecen síndrome de Down suelen morir jóvenes, como los dioses. Lino lo imaginaba llorando en el quicio de su puerta, bañado en flores de picuala. Jaló la cadena. Cerró la llave.

—Larry, dame una señal —dijo.

Lino abrió el *Cuaderno de tapas rojas* por sus páginas finales. *Mamá nos despidió desde la puerta de la cocina. Durante el viaje, el viejo no paró de tararear una canción de Frank Sinatra. Llegamos a La Habana. Me llevó a un prostíbulo y me entregó a una puta.* Eran las 8 y 30 de la mañana —minuto más, minuto menos—. Contaba con unas nueve horas para llegar al Cacahual.

Lino Catalá se abotonó la piel de Arístides Antúnez y fue en busca de una anciana de setenta años llamada Esther Rodenas.

Miércoles 17 de diciembre, 2003. Yo soy Arístides Antúnez, un hombre más suave que un payaso, hijo de José Ismael y de Gabriela, hermano de Gabriela, tío de Ismael, amigo de Consuelito Vidal y de Lino El Mago Catalá (viudo de Marujita Sánchez, cantante de filin), actor, Don Juan y pico de oro, muerto hace apenas unos días y resucitado esta mañana por obra y gracia de una enredadera de picuala. Don Guillermo. Ladrillos. El asilo masónico. La cartonera. Esther saltando una Suiza. Debo sembrarme esta historia en la cabeza. Sor Elizabeth (¿Elizabeth Bruhl?). El beso en la iglesia. ¿Mi mejor amigo del aula? Marcel Sanpedro (¿el ginecólogo?). Gutiérrez el de las bicicletas (¿Plácido Gutiérrez?). Arroyo Naranjo. El apeadero de Llansó. El de Cambó. *Al atardecer, a las seis en punto de la tarde, el automóvil negro con gomas blancas conducido por don Guillermo cruzó el puente de hierro de Cambó. Llevaba unos bultos...* Una estación azul y amarilla. Lagunas, jicoteas. Debo aprenderme mi monólogo. El Padre Benito. (¿Benito O'Donnel?). Línea del ferrocarril. Esther sujeta a mi cuello. Los nueve primeros besos. Abdul Mérimée (¿el Abdul Simbel, el acuarelista Pierre Mérimée?). Moby Dick. Últimas palabras. ¡Arístides! ¡Esther! Propuesta de matrimonio. Bofetada. ¿Qué vamos a comer? *Carne con miedo, amor, carne con miedo.* El chofer del taxi me mira a través del espejo retrovisor. El viejo chevrolett echa humo por los cuatro costados. "¿Carne con qué? Apretó, abuelo: ¡ese bistec sí que no lo he probado todavía! ¿Y hasta dónde va?". Le digo que vivo por el Cacahual y que no traigo mucho dinero en el bolsillo. "Yo lo acerco hasta en entronque de Calabazar. De gratis. Es que usted me recuerda a mi viejo. Le envidio esa gorrita. Yo también soy fanático de los New

York Yanquis y del Duque Hernández. De Rancho Boyero hacia arriba tendrá problemas. Es día de San Lázaro y baja o sube un mundo de gente rumbo al Rincón". ¡Lo había olvidado! Un mundo de pecadores. Agentes de la policía encauzan el tráfico de los automóviles para que corran libremente esos ríos de hombres y mujeres arrepentidos que, como cada año, van en oleaje al lazareto del Rincón a merecer perdones y favores. Cada cual carga su pesar en aullado remordimiento. Dos pagadores de promesas arrastran un riel de trenes, dándose de latigazos el uno al otro, mientras suplican Padrenuestros entre quejas y congojas. Sudan. Cientos, miles de cubanos rinden tributo a Babalú Ayé, orisha y santo de los enfermos, los desahuciados y los animales. Un señor camina en cuclillas, las manos a la cintura, al tiempo que un adolescente lo flagela con un espino. Ambos sufren. Contemplo la peregrinación sin atreverme a entrar en el torrente. Para mí, aquella es una Cuba respetable pero desconocida. Cuánta fe se consume en el fuego del suplicio, cuánta contrición derramada, cuánto desconsuelo y cuánta pena, cuánto abandono a Dios encomendado. Hubiera querido rezar. Del otro lado de ese purgatorio humano vive Esther Rodenas, así que no me queda otro remedio que sacar afuera mis propias culpas, las de Lino, quiero decir —ese pedazo de pan que en mi corazón se esconde—. *Yo me había encaramado en la baranda. Traía puesto unos tirantes que le robé a papá para parecer mayor. Alcancé ver la cabecita rubia de Esther...* Vengo en lugar del viudo Catalá a cumplirte una promesa. Mi amigo se quedó en su casa, Babalú, mimando unas flores. Castígame a mí, yo cumpliré su penitencia. Lino se arrepiente, Babalú, del esfínter de su vejiga, de su colchón, su techo y sus camisas. Su gran pecado es no haber aprendido, nunca, nunca, a decir te quiero sin tanto lío. Durante buena parte de la vida le avergonzó su condición de hombre común y corriente, sin ese atractivo feroz de los galanes ni la reiterativa suerte de los empedernidos seductores. Una señora con una pesada piedra en la cabeza abre paso a su hija, que culebrea por la calle sobre una estera de yute. Llora. Un barbudo pinta tu rostro, San Lázaro Bendito, en la espalda desnuda de su mujer. San Lázaro Bendito, bendice a Esther Rodenas, bendice a Totó, a Vladimir, a Valentina; bendice a la taciturna Dolores, al teniente Chang, a Moisés, a Tony, a Ofelia, a Ismael, a Sofía y a Constanza; bendice a Abdul Simbel, Pierre Mérimée, Benito O'Donnel, Plácido Gutiérrez, al difunto Lucas Vasallo, al doctor Sanpedro, a Elizabeth Bruhl y su libidinoso dentista de Santa Clara. Bendice a don Guillermo, a la chinita del camión, a Julieta Cañizares, a Mercedes Betancourt. Bendice a Maruja Sánchez: háblale de ella a Dios. ¡Encuéntrala, mi socio! ¡Cuida a mi Maruja como yo cuidaré de tu Esther!

Todas las noches de Lino, o casi todas, fueron una y la misma noche, hasta el cansancio repetida, una y otra vez multiplicada en la casa de espejos que es la memoria, una noche de idénticas soledades, de iguales resignaciones. Fue entonces que nos conocimos en el lugar menos indicado: la cola del periódico. Totó lloraba. Le regalé un tambor. Lino fue a casa. Yo soy él; él soy yo. Llévame, Babalú. Muéstrame el camino. Debo llegar a la calle Gardenia número 14 entre Espinas y Claveles. Debo decirle a Esther Rodenas que Arístides Antúnez, aún muerto, vive pensando en ella.

Arroyo Naranjo. El asilo masónico. La cartonera. Esther saltando una cuerda. El beso en la iglesia. "Malabaristas, acróbatas. Antonella La Equilibrista. Nata Ácida, tigresa indomable. Bebé La Barbuda. No se pierda las actuaciones del mago Asdrúbal Rionda y la bella Anabelle". ¡Arroyo, vida mía! Mi ángel de la guarda es un mendigo, Babalú. Hay una noche dentro de la noche, otra patria dentro de la patria, una Habana dentro de La Habana, un hombre dentro de cada hombre. *Te buscaré todos los días de los días.* Y la busqué todos los días de los días. No sabes mentir, me dice Marcel Sanpedro. Gracias, Babalú. Ésa. Ésa misma. ¡San Lázaro Bendito: esa mismita es la casa de Esther! Yo sabía que tanta belleza me iba a costar caro. Pero valdrá la pena. Gardenia número 14.

Una casa inmaculada de paredes blancas con ventanas blancas y rosas blancas en el pequeño jardín de entrada. En el alero, se posan tres palomas blancas y dos gatos blancos duermen en un sillón, también pintado de blanco. Paso tres o cuatro veces sin atreverme a entrar. Repito el libreto: diecisiete besos, el tren de las 4 y 30, un puente de hierro. Canta, Maruja, canta para mí alguna estrofa. *Ódiame sin piedad, yo te lo pido, me voy a casar con Lili, ódiame sin medida ni clemencia: me voy a poner un traje de vaquero. ¡Está bueno ya, viejo cretino! ¿Piensas pasarte la noche haciéndote el niñito?* Empújame, flaca. Pienso en Lino por última vez... Chao, Mago. Ajusto los tirantes. Me decido. Toco el botón del timbre, que hace tintinear una campanilla eléctrica. La puerta comienza a abrirse. Por la rendija se filtra un intenso olor a café con leche. Tal vez me queden ocho meses más de vida, o cuatro semanas, o dos martes, cómo saberlo, pero ese tiempo, mucho o poco, lo dedicaré por entero a la tarea de saber quien nunca fui. A jugar, Larry Po: a morirme jugando.

—¿Arístides?

—¿Esther?

Todo para empezar de esta manera.

EPÍLOGO

(Hoja arrancada por Arístides Antúnez
antes de entregar a Lino Catalá el Cuaderno de tapas rojas.
Sofía la encontró casualmente cuatro semanas después
de la muerte del actor y la desaparición del linotipista)

Lo irreal es realidad. Lo minúsculo, grandioso.
VIRGILIO PIÑERA

(Página 46)
MARUJA SÁNCHEZ

Nombre: Maruja. Apellidos: Sánchez. Apodo: Marujita. Edad: Nacida en 1930. Teléfono: Nunca me lo dio. Señas Particulares: Fuma como una chimenea. Ojos tristes. Oficio y/o Habilidades: Canta bellísimo, es manicura, pinta paisajes en las uñas. Parentela: Está casada con un linotipista de la Imprenta Nacional, al que le dicen El Mago. Creo que se llama Lino. Un manso, hasta donde sé. Amiga de Rosa Rosales, la dueña del café Buenos Aires. Última Dirección Conocida: La de siempre. Primer Encuentro: En casa de Angelito Díaz, allá en el callejón de Hammel. Ella cantaba un bolero, recostada al piano. Su rostro se reflejaba en la laca de la pintura. Bebía crema de menta y llevaba un chal. Iba con Rosa, y fue fácil acercármele. Hablamos mucho esa noche. Lo pasamos bien. Muy bien. No es cantante profesional. Trabaja de manicura. Le pedí a Rosa que me pusiera una piedra con su amiga. "De eso nada, monada", me dijo, y quedé como el gallo de Morón, sin plumas y cacareando. Maruja se fue a medianoche, princesa y cenicienta. Por único zapato abandonado, me dejó el cristal de su voz. Último Encuentro: Unos días después de la noche que intentó cortarse las venas. Y no por mí, aclaro. Amante Inicial: Larry Po. Estado o Deterioro Actual de la Relación: Simpatizábamos muchísimo, no lo niego. En otras circunstancias, quién sabe cómo habría terminado esta historia. La enamoré con toda mi artillería, la de grueso calibre, y aunque se tambaleó jamás cayó rendida a mis pies. Yo sí, ante los suyos. Después de su intento de suicidio comenzamos a distanciarnos de mutuo y silencioso acuerdo. Me dijo al despedirse: "Ya acabó la función, Larry, es hora de regresar a casa: mi marido me quiere tanto que le gusta hasta verme envejecer". Maruja falleció de un infarto el 24 de noviembre de 1978, en su casa. Guardamos un minuto de silencio en el callejón de Hammel. La noticia me desguazó. Fui a su entierro, de lejos. Me mezclé en el cortejo de un chino para pasar inadvertido. Qué ventolera. Observaciones Finales: Ha llovido mucho desde aquel día, y aún la recuerdo con infinita gratitud. ¿Por qué gratitud? Porque gente como Maruja me hizo saber que existe la amistad a primera vista, que la amistad también es un romance. Cuando yo muera, me gustaría encontrarla. Le pediré que cante *Perdóname, perdóname conciencia, querida amiga mía...* Nadie lo decía como ella. Nadie la escuchaba como yo.

FIN

Esther en alguna parte, de Eliseo Alberto
se terminó de imprimir en abril de 2016
en los talleres de
Litográfica Ingramex, S.A. de C.V.
Centeno 162-1, Col. Granjas Esmeralda, C.P. 09810 México, D.F.